自讃ユーモアエッセイ集

これが佐藤愛子だ　1

佐藤愛子

集英社文庫

本書は、二〇〇二年九月に集英社より刊行された
『自讃ユーモアエッセイ集　これが佐藤愛子だ　一』
の前半部分を収録しました。

はじめに

私がものを書いて生活の糧にしようと一念発起したのは二十六歳の時である。結婚に破れ、これからは一人で生きて行こうと思ったのだ。だが考えはしたが生来の我儘《わがまま》者、組織に入っても協調出来ないことはわかっている。では何をするかということになったが、出来ることが何もないので、仕方なくもの書きになろうと考えたのだった。もの書きは一人で自由に行う仕事であるから、協調性がなくても何とかやれるだろう。寝たい時に寝、起きたい時に起き、一見自堕落な暮し方をしていても、「今は考えている時だ」「書いているのだ」といえば通ってしまうだろう。私の父は小説家で、兄も詩やユーモア小説を書いて、誰とも協調せず我儘いっぱい、自由に生きた。だから私もやれるだろうというような暢気《のんき》な気持だった。

私は今でも楽天家だが、当時は楽天を通り越して常識なしの世間知らずだった。小説みたいなもん、面白いお話を考えてチョコチョコと書けばいいのだと思っていた。

だが現実は勿論《もちろん》そんな他愛のないものではなかった。毎日、ひたすら書いてはあちこちの出版社に原稿を持ち込んだが相手にされず、十年以上せっせと書きつづけて（何しろほかに出来ることとて何もないので）漸く《ようや》「芥川賞候補」というものになったのが昭和三十八年である。候補であるからまだ一人前の作家と認められたわけではないのだが、その候補作が「ソクラテスの妻」という悪妻小説だったので、それからというもの、悪妻のオーソリティのように見なされ、当時は「悪妻」といえば「日蔭《ひかげ》の身」というか、蔭口いわれる存在だったのを、一躍（というのも大袈裟だが）陽の当る場所へと押し出した。それまでは私生児を産むことは日蔭の身としてあつかわれていた悲劇が、桐島洋子さんによって「未婚の母」という堂々たる位置に躍進したのと似ている、といえなくもない。「悪妻のすすめ」「誰が悪妻を作ったか」「悪妻ある所悪亭あり」というような悪妻論を書き始めたのがきっかけで筆は男性論へと伸び、そのうち男性を論難ばかりしているのもあまりに一方的にすぎるかと思うようになって、女性論（論とはいうが平たくいうとつまり悪口）へと幅を広げた。

そうしているうちに、人間というものの面白さに目覚めた。それに目覚めると材料に困らない。電車の中、バスの中、街頭。目を凝らせば到るところにネタは転がっているのである。折しも時代は敗戦後の貧苦の時代を乗り越え、経済成長に向う日本人の思想及び社会風俗の転換期にさしかかっていて、大正十二年生れの、戦前教育を受けて固まった私の目には、見るもの聞くものすべてが目新しく、驚きと怒りに満ちた日々だった。その時代相がこの第一、二巻に収録されたエッセイを産んだといえる。

つらつら思えばその頃からなんと、四十年近い歳月が流れているではないか。その歳月の中で書いた雑文の数を（さる暇なお人がいて）数えたら、実に四〇〇字原稿用紙でおよそ二万枚あったということだ。折角《せっかく》二万枚も書いたのだから、それを年代順に並べて本にしてみませんか、といわれたが、二万枚もの佐藤愛子の意見を、いったいどんな退屈者が読むだろう。すべてを収録するとなると二十冊以上の大全集になる。

そこで二万を二千数百枚に縮めてはどうでしょうということになった。即ち四十五歳（私がエッセイを書き始めた頃）から今日までの私の歴史を雑文集によってふり返ろうというわけだ。佐藤愛子の歴史をふり返ったところでべつにどうという意味はないが、もしかしたらそれによって日本人の意識の移り変り、時代の変遷といったものがパノラマのようにくり広げられてくるとしたら面白いかもしれない、と思うようになった。

頑迷を自負する佐藤愛子の変らぬ目の前で、刻々に変り行く時代相。その中で果して佐藤愛子はその頑迷さを固持出来ただろうか？　佐藤愛子もまた少しずつ流され、時代の流れに紛れ、老いて行っているのではないか？

そんな自分を見定めるのもまた面白からずや。だんだんとそんな気持になって行って、二万を二千数百枚に縮めるための厄介な仕事にとりかかった。読みながら、「ああヘタだなア、なんて文章を書いてるんだ」と思ったり「何だこりゃ。発想が未熟すぎる」と反省したり「今の人にはわからないだろうなア」と危懼《きく》したり、そうかと思うと、「うーん、この頃は元気があったなあ。エネルギーが満ち満ちている」と感心することもあった。

しかしヘタクソと思ったのも、わからないかも、と思ったものも、ひと通り出すことにしたのは、それによって昭和四十年代以降の私及び日本の社会相がわかると考えたためである。

例えば新幹線の自動ドアーを知らず、ドアーの前に踏んばって一生懸命、ノッブを引っぱっていると、傍《そば》の席の人が「ジドウ、ジドウ」と呟《つぶや》く。何をいってるんだ、と思いつつ尚も引っぱっているとまた「ジドウ、ジドウ」という……といったくだりで、今は話題にもならない自動ドアーがこの頃はこんな話題になったのだという、若い人にはバカバカしい話だが、年輩者には改めて懐かしく思い出してもらえるエッセイだろう。かと思うと、

「四十歳を過ぎた女が考えなければならぬのは、いかに上手に年老い、いかに上手に死ぬかということではないのか」

と私は真面目にいっている。現在、四十は女盛り。「四十歳を過ぎた女」というところを「六十」と書き換えなければならず、いや、もう間もなく「七十」にしなければならないだろう。テレビで、七十何歳だかの男性との恋愛の喜びを語る六十五歳の女性が登場していたことだし。

もったいないもったいないで、子供の残りものを食べてコロコロ豚になる主婦の話なども、当時は大いに同感されたものだが、残りものは捨てて美容に励み、太り過ぎは自己管理怠慢です、という主婦が普通になった今では共感を得ることはむつかしいだろう。

人それぞれ、年それぞれ、教育それぞれ、今はいろんな経験、価値観が混在している。同感の人も不同意の人も怒りの人も軽蔑の人も、まあひとつ、「歴史を読む」

といった気分で読んでいただきましょう。

佐藤愛子

目次

自讃ユーモアエッセイ集

これが佐藤愛子だ　1

第一章　さて男性諸君

立風書房刊
昭和四十三（一九六八）年
著者四十五歳

◆キーワードで見る当時の世相◆

昭和39年頃から　日本、経済大国へ

東京オリンピックが開かれ、新幹線が開通、高速道路も整備された昭和39年頃より、日本は経済大国へと走り始めた。男性のおしゃれも流行。カラフルな洋服はピーコック革命と呼ばれた。

昭和42年　新三種の神器

ベトナム特需などに始まる経済成長は著しく、「新三種の神器」(カー、クーラー、カラーテレビ)という言葉も登場。電化製品が主婦の生活と意識を変えていった。ちなみに、第一次三種の神器は昭和30年代前半の冷蔵庫、洗濯機、掃除機だった。

日本の人口が1億人を突破。「国民生活白書」が「国民の9割は中流意識を持っている」と発表。自動車保有台数も1000万台を超えた。

昭和43年　イザナギ景気

輸出の好調が支えになり、「イザナギ景気」「昭和元禄」などと言われた物質的に豊かな時代の到来。

はじめの言葉

私は男が好きである。

もしこの世から男が消え失《う》せたならば、生活上の困難は別としても、何と味気ない、おそろしくものすごい世の中になるだろうと、考えただけでも空気中から酸素がなくなって行くような気がするのである。

私は幼い頃から、「女なんかダメだ。何をやらせても無能有害である」という意見の持ち主である父と、それに洗脳されて自分が女であることを忘れ、何かというと同性攻撃をやりたがる母に育てられ、「女はバカに限る。バカでない女はネウチなし」とまで極言する兄の下で、女はひたすら男を尊び、服し、従うべきものと思いこんで成長して来た。

我が家の女性蔑視《べっし》はひどいものだったが、中でも最も軽蔑唾棄《だき》されたのが、「モノを書く女」である。女流作家、女流詩人と称される女性は、顔も見ぬうちから

「どうせドテカボチャ」と勝手にきめられ、戯画化された。

思えば遠い三十有余年昔の話だ。

何たる運命のいたずらか、今や、「ドテカボチャ」のハシクレとなりたる私は、いつのまにやら男性への尊敬・服従を忘れて悪口雑言ほしいまま、ついに男のテキと見なされるに至った。

しかし、私はなにも好んで男の悪口をいっているわけではない。それが「趣味」というわけでは決してない。男にモテぬので腹いせをしているわけでも決してない。いやがらせの年齢というわけでは更にない。

正直いって、これは私にとって大変かなしいことなのである。私は、本当は男の悪口などいいたくないのだ。私だって男に好かれたい。しかしである。つらつらオトコの世の実情を眺むるに、もうこれ以上黙してはおられぬ現象がそこここにたち現われてきた。実に現代は男の危機だ。男の悪口をいうたびに私の心臓は血を流す。私はいうならば、仔獅子《こじし》を谷に蹴落《けお》とす親獅子の心情で男の悪口をいっているのだということを察していただきたい。

くり返しいうが、私は男が好きである。尊敬して来たし、これからも尊敬しつづけて行きたい。その一念高《こう》じてこの書となった。

悪口雑言の数々、「愛すればこそ」の衷《ちゅう》情《じょう》とお読みいただければ幸甚《こうじん》である。

男と女の相対的必然性

〃このごろの女にはやさしさがなくなった〃という男性諸氏の嘆きを耳にするようになってから久しい。男性諸氏のお嘆きはお察しせぬではないが、またそのご指摘にあえて反対するものでもないが、しかし、ここで諸氏にご一考をわずらわせたいことがある。

往々にしてグウタラおやじに秀才ムスコが生まれることがあるごとく、ものごとには、相対的必然性というものがある。

女はなにゆえにやさしさを失ったか？　女にそれを失わせたものは何なのか？

かつて、われわれ女性が男性をうやまい従ったころ、男は〃男尊女卑〃という、まことに手前勝手な封建観念の鎧《よろいかぶと》兜に身を固めて、女の上に君臨していた。あわれか弱き女たちは、その鎧兜の中身がいかなるものであるかツユ知らず、ただひたすら従いうやまったのである。

しかし、日本がいくさに負けて男が鎧兜をおぬぎになったところ、アーラふしぎ、あらわれいでたるは、かつて女がそう思いこんでいたところの、雄々しくたくましく女を睥睨《へいげい》した男にあらずして、電車の中に暴漢がいると、急に眠気をもよおしたり、町内の寄付金を女房にことわらせたり、都合がわるくなるとアッサリ蒸発してしまったりする男性だったのである。

ここにおいて女性たるもの愕然《がくぜん》とし、これはとても男などにたよってはおられぬ。われわれがしっかりしなくては……とひそかに固めた決意が、現今の雄々しき女性の登場となったのでなくて何であろう。

男はいう。女がのさばってきたから、男は引っこまざるをえない、と。

しかし、ふしぎでならぬのは、そういいつつも男は女ののさばりを阻止しようとはなさらぬことです。かつての女のように、ただぐちをこぼしてあきらめておしまいになることです。

「いやあ、女というやつはどうにも手に負えないよ。対等でやり合うのはバカバカしいし、捨てておくと増長するし、高圧的にやるとさわぎが大きいんでこっちがマイってしまう。まったく女子と小人は養いがたしとは至言だねえ……」

とかなんとか、えらそうに気どっていってみているけれど、その実相は男に意気地がなくなったという、簡単明瞭なことじゃありませんか?

鎧兜をぬいだとたん、日本男子はことごとく平和主義というコロモをおつけになった。暴力はいかん、争いはいかん、何でもかんでも平和、平和、平和だ。

女を統御できぬのも平和のためなら、女房のかわりに皿を洗うのも平和のためだ。

平和ということばを呪文《じゅもん》のごとく唱えて、臆病、卑怯《ひきょう》、無責任、意気地なし、懶《らん》惰《だ》、もろもろの悪徳を通用させる。そうしてヌクヌクしていられるんですから、女にやさしさがなくなったことぐらい、ガマンなさいよ。

日本男子よ力持ちになれ!!

東京オリンピックのとき、日本ムスメが外国オトコの誘惑に対して抵抗力がなさすぎるということが問題になった。

ある週刊誌がオトリ外人を使って都心の公園で若い女性を誘う実験をしたところ、

二十人のうち断わったのは一人だけであったという結果を報告したり、都庁婦人部がオリンピックを迎えて若い女性の心構えのようなものを印刷して、町内会や婦人会などに配布するなど、何ともナンセンスなことが大まじめに行なわれた。

そんな騒ぎになったというのも戦争に負けた後、外国兵が進駐して来ると日本ムスメの中には嬉々《きき》として異国の兵士の腕にすがり、栄養失調にあえぎつつボロ国民服に背にはオイモのリュックサック姿という日本オノコをしり目にかけたという前例があったからなのであろう。

「女はチョコレート一枚、コンビーフ一かんのために敵に操を売り渡した！」と痛憤されたムキも大分あったようだが、実情はチョコレートやコンビーフのためではなく、外国オノコのやさしさ、いたわり、親切などに魅了された女性も少くなかったのである。

それというのもあまりにも長い間、日本の女は男のやさしさを知らなかったからで、あたかも女にもてたことのなかったアバタ面の佐野次郎左衛門《さのじろうざえもん》が、おいらん八橋《やつはし》の商売用のやさしさにフラフラになってしまったごとく、女ははじめて知ったやさしい心づかいの美酒に酔いしれてしまったのである。

そこで日本男子たるもの奮起したのかどうかは知らないが、とにかく二十年の間に外国映画の見よう見まねで、一見やさしさ風を身におつけになった。

女の荷物を持って歩いたり、うやうやしく車のドアをあけたり、エレベーターのボタンを押したりするが、そのさま、どうみてもホテルのポーター風なのは、真のいたわりから出たものではなく、形だけの模倣であるためなのかもしれない。

外国では新婚の夜、花ムコが花ヨメを抱いて寝室へ運び入れる風習があるらしいが、この風習を、もしわが国でとりいれたらいったいどういうことになるか。花ムコはすべてシンマイの運送屋よろしく、上衣をぬぎすて手にツバし、歯をくいしばり、へっぴり腰で花ヨメを抱き運ぶや、かけ声もろともベッドの上にほうり出すという悲愴《ひそう》なことになるであろう。

しかも自分の非力をもかえりみず、

「チクショウ！　なんて重い女だ！」

と胸中、ウラミゴトをつぶやいたりする。

古今東西を通じて女にとっての男の理想像とは、〝気はやさしくて力モチ〟ということである。現代青年よ、あなたの愛する女のためにまず力を鍛えてください。男のやさしさとは、強さに裏うちされた思いやりであって、イクジなしとはちがうんだということを認識してください。

西部劇の英雄気どりで脚をソトワに、ねこ背で、まぶしくもないのにまゆをしかめて歩いてみせたりしても、女は一向にたのもしいとは思わないのであります。

N氏の「めおとの契り」

Nは某証券会社の中堅社員である。入社間もなくから手八丁ロ八丁のキレ者として上司から嘱望《しょくぼう》され、客の信用も厚く営業成績を上げていた。

そのNのところへある日、友人が青い顔をしてやって来た。困ったことになった、あれこれ考えたが、この難問題を解決してくれるのは、君、N君のほかにはいないのだ。三日三晩考えたあげくに君を男と見こんで頼みに来た、どうかぼくを助けてくれ、と頭を下げる。

これはてっきり、使いこみでもしたかと、

「金か、いくらぐらいだ」

というと、そんなことではない、もっと大へんなことだという。実は会社の女事務員を妊娠させてしまった。その始末をしなければならないが、どこか病院を紹介してもらいたいのだ、という。そんなことならお安いご用だ、ちょうど、女房のかかりつけの医者がいる、というと、実はもう一つ頼みがあるのだが、とため息をつく。まことにすまぬがその女の夫ということになって病院へついて行ってはもらえないだろうか、というのだ。

Nは呆《あき》れたが、もともとキップのいい男であるから引き受けた。その女事務員というのは、Nも数回会ったことのあるS子という若い女である。しかし夫としてついて行くからには、妻のかかりつけの病院というわけにはいかない。そこで別の友人に頼んで医者を紹介してもらい、S子を連れて行った。

初診のときについて行くだけでいいのかと思っていたら、心配だから手術のときもついて行ってくれと友人はいう。仕方なく会社を早退してついて行った。そこは町なかの小さな産婦人科医院である。手術場の支度が整うまで、二、三十分待ってくださいといって看護婦が引込んでしまうと、診療時間の終わったあとの、ひっそりと人気のない待合室に、NはS子と二人きりになった。

S子は心細げな様子で、着がえの入った風呂敷包みを膝《ひざ》に置いて、家出をして来た田舎娘のようにしょんぼり坐《すわ》っている。その姿を見ているうちに、Nはひょいと妙な心持ちになった。

Nは S子をくどきにかかった。Nにいわせると、彼は常に「善は急げ」という格言を信条としているということだが、この場合もその信条を実行しようとしたためなのかどうか、女の私にはわからない。

NはS子に迫った。その要旨は、

「どうせ間もなく、何もかも掻《か》き出してしまうのではないか。今なら妊娠する心配もない、絶好のチャンスとはこういう時のことをいうのである」

というようなことである。

驚き呆れるS子に向って、Nはさらにこういう理屈をこねた。

「自分は縁もユカリもないアンタのために会社を早退してまでついて来てやっているということを、アンタはいったい何と心得ておるのか。アンタのカルテには、ぼくは夫と記されており、アンタはそれをぼくに頼んだのだ。ぼくはアンタの頼みで夫となったのだ。夫である以上、ぼくは妻であるアンタと、夫婦《めおと》の契りを結ぶのは当然ではないか」

S子は次第に軟化して来た。Nの弁舌が効を奏したのか、ヤケのヤンパチになったのか、それとも浮世の義理を重んずる女性であったのか、そのへんの事情はよくわからない。

ともかくも、Nは待合室のソファの上で、束の間《つかのま》の「めおとの契り」を結んだのである。

間もなく看護婦がS子を迎えに来た。

「手術の間、待っててくださるなんてやさしい旦那さんねえ。あなた、しあわせよ」

といいながら廊下を遠ざかって行った。

Nは待合室のソファに横になって、眠った。しばらくして揺り起こされて目をさますと、医者が立っている。

「奥さんの手術は無事、終わりました」

医者はいった。

「そうですか。どうも、ありがとうございました」

仕方なくNが神妙に頭を下げると、医者はNをジロジロ見て、苦い顔をしていった。

「ご主人、いくらしばらくの間できないからって、手術の直前にやったりしてはいけませんなァ」

豪傑笑い・現代版

このごろの男の笑うさまを見ていると、かつてのようにお腹をゆすり、肩をゆすって、

「ワッハッハッハァ」

と笑う男がいなくなったことに気がつく。

たいていは声も立てずにニヤニヤ笑い、そうでないときで、へんに無気力に息を引くシャックリ笑い、ひどいのになると、口に手を当てる男がいるのには、驚かざるをえない。

現代には、塙団右衛門《ばんだんえもん》とか三好清海入道《みよしせいかいにゅうどう》などというような豪放磊落《らいらく》、カンラカラカラ男はもういなくなってしまったのだろうか？

今やすべての男は、静かな声でものをいい、愛嬌笑いをたたえ、夫婦ゲンカのときでも大声上げるはもっぱら女房のほうで、亭主はののしる女房を無視してテレビ

に見入っているふりをすることによって、戦闘回避を策しているという。

豪放磊落カンラカラカラ男、今いずこ、と気をつけてさがしていると、いずこともなく豪傑笑いが聞こえ、一見それらしき男がいた。

子供の学校かね。そんなものどこだっていいんだよ。デキの悪い者がムリして学校へ行くことはないよ。ワッハッハッハァ……

なに、金がない？　それがどうした。買いたいものがあればどんどん買いなさい。勘定は勘定のときに考えればよい、ワッハッハッハァ……

あいつが部長に取り入って出世したって？　いいじゃないか。取り入るというのも一つの才能だからね。ワッハッハッハァ……

なに、おれがいつまでもウダツが上がらぬのは、いつも笑っているからだって？いいじゃないか、人間笑って暮らすが一番だよ、ワッハッハッハァ……

学歴もなし、この貧弱な風采《ふうさい》、その上にこの若ハゲ、いや、みごとにそろったもんだよ。だから女房もあの程度のしかもらえなかったんだ。ワッハッハッハァ……

おっと、あわててはいけない。よくみると、ワッハッハッハァといったからといって、塙団右衛門の後裔《こうえい》がいたわけではないのだ。この豪放磊落型、本当はひそかに現実の些事《さじ》や自分の欠点をいろいろ気にしていて、内心クョクョ思いわずらいながら、ワッハッハッハァと笑うことによって、その悲しき人生を塗りごま化しているのである。

現代という複雑な時代を生きるために、好むと好まざるとにかかわらず、男性は二重構造的な性格を自ら作りつつあるが、これこそまさしく、その典型的なものでなくて何であろう。女など愛されようと愛されまいと、かまわん、かまわん、というそぶり、ヨレヨレネクタイ結構結構、という顔——それがそもそもまゆツバなのである。だからいつも高笑いしているからといって、磊落な人と早合点をして、「あなたのハナ、いちごだったら高級いちごねえ」などと気安くいったりすると、生涯消えぬうらみを持たれかねないのである。

転勤見送り狂奏曲

転勤シーズンの東京駅のプラットホーム、海外旅行シーズンの羽田《はねだ》空港——ここにくりひろげられる男性諸氏のまじめくさった茶番劇を見ていると、男というものがいかにバカげた、むだを好む人種であるかがよくわかる。

プラットホームの真ん中にむらがる男性の群れ、その中ほどに新しい背広などを着こんで満面に作り笑いをたたえて立っている一人の男。

これすなわち、転勤を送る群れと、送られる人である。見送り人は一人ずつ進み出て互いに何やら挨拶をかわす。

この場合、ピンと伸ばした手のひらをおシリにくっつけておじぎをするのは下ッパ社員で、中どころになると、手はやわらかくなり、おシリからふとももも横に移動する。ヒザ小僧に手を置いて、ひざの屈伸と共にペコペコするのは、X課のヌシと呼ばれてウダツ上がらぬ万年係長、

「やあ、やあ」

と鷹揚《おうよう》に握手をするのは同輩、ポンと肩などをたたいて、

「ま、がんばってくれたまえ」

などというのは、上役風を吹かせたくてたまらぬ重役と知るべし。

「いやァ恐縮、恐縮。こんなに大勢来てくれてすまんね。形式的なことはやめてくれと、ボクはいったんだがねえ……」

と送られるほうはわざとらしくそういいつつ、本当は心の中で、

「Aは来てないな。そうかBとCは来ておる。そうか、Dも来とらんな、よしわかった」

などとひとりうなずく。送るほうは送るほうで、すでにそういうことは予測の上であるから、できるだけ来ていることを印象づけようと、群れの前のほうに出しゃばり、便所へ行きたいのもがまんして、汽車がはいってくるまではニジリ動きもすまいと、決心しているのである。

中ではしっこいのは、

「おや？　Kが来とらんな。おかしいな。知らんわけはないのに」

などと聞こえよがしにつぶやいたりする。そこで仕事熱心なるK氏の前途は、知らぬまに暗雲がたちこめるということになるのである。

さて、そうしているうちに時間が来て、いよいよ転勤氏は車中の人となる。と、今度はバンザイの三唱だ。

よくしたもので、このバンザイを嬉々《きき》としてやる男が、どこの会社にも一人や二人はいるもので、プラットホームじゅうに響けとばかりに大声をはり上げる。まったく、何がバンザイなんだか。

バンザイが終る。送るほうと送られるほうは、あたかも水族館のタコと見物人のごとく、厚い防風ガラスをはさんで対峙《たいじ》し、心中ひたすら汽車が動き出すのを待ちかねているのである。

やっと汽車は動いた。手をふる。早く行っちまえ！　そう思いながら手をふる。

やっと汽車は行っちまった。

ヤレヤレ、まったくだらんねえ、時間つぶしだねえ、そうボヤきつつ階段をおりて行く。そうして歩きながら話す話題は、今行った人の悪口。

引き立て役も仕事のうち

源氏鶏太《げんじけいた》先生の〝新サラリーマン読本〟によると、サラリーマンのしあわせとは、よき上役にめぐまれることである、とあり、荻生徂徠《おぎゅうそらい》のことばを引いて、上役たる者の心得をさとしておられるが、その一つに、

「上にある者、下の者と才智を争うべからず」

というのがある。

下の者と才智を争うとは、部下の手柄を自分の手柄として重役に報告することである、と源氏先生は説明しておられるが、ヘンな上役のためにせっかくの手柄をヨコドリされたり、ひとの失敗を押しつけられたりしては、たまったものではない。

しかし争うのが才智だけである場合はまだいい。もっとひどいのになると、

「上にある者、下の者と人気を争うべからず」とか、

「住居の大きさを争うべからず」とか、

「女を争うべからず」とか、さらにひどいのになると、

「ご面相を争うべからず」

といましめてもらいたいような上役さんが、案外少なくないのである。

ある上役氏が常にかわいがって、どこへ行くにも連れ歩いている部下がいた。うち見たところ特別に気がきくわけでもなく、特に仕事熱心というわけでもなく、容貌も凡庸《ぼんよう》で、ただ温順であるというだけが取り柄《え》の部下である。その男のどんなところが上役氏の気に入ったのかといえば、要するにその凡庸な点であって、あらゆる場合に、上役氏の引き立て役として役立つからだという。

特に彼が上役氏の気に入られている点は、彼のその若ハゲの頭で、そのハゲ頭ゆえに上役氏はどこへ行っても、若く見られるというたのしみを得られるのである。

「どうだい、この男、いくつに見える？」

酒場の女の子たちのタムロするところなどで、その上役氏がいい出すセリフはいつもこれで、

「おれかい、おれはもちろん彼より上さ。五ッ上だよ」

「あらまあ、ホントかしら？　信じられないわ、ウソでしょう、ウソ、ウソ！」

と女にいわせてエツに入る。

ところがあるときより、気の毒な若ハゲの部下は、上役氏に見捨てられてしまった。というのは、さる美女あまたいる場所で、上役氏のほうが若ハゲ氏の部下に見られたのだ。

一寸の虫にも五分の魂。平素のウラミ重なりたる若ハゲ氏は、女たちがそう見るにまかせて、一向に訂正しようとはしなかったためだという。

そこで私、僭越《せんえつ》ながら、この一条を付加させていただきたいと思う。

「上にある者、下の者を優越感の餌食《えじき》とするべからず」

源氏先生は、荻生徂徠のことばとして最後にこう書いておられる。

「己が好みに合う者のみを用うるなかれ」

さらに僭越ながら、重役諸氏へのいましめとしてそれに付記させていただけば、

現代のソクラテスは何を考えるか

ギリシャの哲学者ソクラテスは、妻が話しかけてもはかばかしく返事をしないというので、頭からバケツの水をぶっかけられた。

ソクラテスが返事をしなかったのは、彼がつねに哲学的思索の深みをさまよっていたためであるのに、女というものはアホウであるゆえに、男の哲学的思考がどんなに高邁《こうまい》なものであるかがわからず、亭主が返事をしないくらいで、すぐにヒステリーを起す。

なぜそのような悪妻を叱《しか》らずに放置しておくのかと弟子が質問したところ、ソクラテス先生、おもむろにこういわれた。

「君はガチョウがそうぞうしく啼《な》きさわぐからといって、ガチョウに向って怒るかね?」

この挿話は爾来《じらい》、世界の男たちをよろこばせ、中には、

「女を相手になにかいうくらいなら、九官鳥を相手に話をしたほうがよっぽどましだ」

などという亜流があらわれ、

「なによ、シツレイねッ、女をなんだと思ってるのよッ！」

と女が柳眉《りゅうび》をさかだてれば、

「だってソクラテスは、女をガチョウなみにあつかったんだぜ」

と、ソクラテスの名を持ち出して身を守ろうとするところは、

「だって、うちのパパがそういったんだもん」

と友だちにアゴをつき出す小学生ナミの心情である。

あるとき、テレビ局で、このごろの若い奥さんたちの夫に対する不満を調査したら、会社から帰った夫が、妻との話しあいに応じない、という不満が最高であったということを聞いた。

しかし、夫が妻の話しかけに答えないからといって、今の夫がソクラテスのように哲学的瞑想《めいそう》にふけっていると早合点をしてもらっては困る。

ご亭主が没入している瞑想の深みというのは、たとえばボーナスの額をいかにし

て女房にごま化すか、とか、たまったバーの勘定をどうやって払うかとか、浮気の始末をいかにしてつけるか……など、ではないのか。

したがって、ソクラテスのように、つねに沈思黙考しているというわけではなく、たまたま会社の同僚が一足先に課長になったとか、美人女子社員とただならぬ関係におちいっているとか、課長がわからずやぶりを発揮したなどというときは、にわかに雄弁となって、ソクラテス役は放棄して、自らガチョウの位置をお奪いになる。

バケツの水をぶっかけられたソクラテスはいいました。

「ああ、夕立がふってきた」と。

水をかけられた日本の亭主はなんというか。

「バカ、クリーニング代は高いぞ！」

ああ、ソクラテスの妻のみありて、肝心のソクラテスなきをいかにせん。

疲れた疲れたで日が暮れる

「おかえりなさいませ」

「お疲れでございましたでしょう」

一家の者が玄関に勢ぞろいして、主《あるじ》の帰宅を迎える。主、ことば少なにおもむろに、

「ああ」とか、

「いまもどったぞ」

といらえつつ、奥へ入れば妻はただちに後ろへ回り、上着を脱がせ、丹前を着せかけ、お茶を運び、タバコといえば灰皿、オホンといえばタンツボ……という具合にまめまめしく仕える——

こういう主人の帰宅風景は、遠くなり行く明治、大正とともに消え去り、今では新派の舞台でしか見られなくなってしまった。

そのころの主というものは、なぜか苦虫を嚙《か》みつぶしたような顔、クソ面白くも

ないといったむっつり顔が通り相場となっていたようで、一家の主というものは、むやみやたらとニコニコしてはならぬものなのであった。

それというのも、一家の浮沈をその肩に担っているという大責任を、一家眷属《けんぞく》に誇示するためには、そういう顔が必要だったのであろう。王様や独裁者には、あまりニコニコしたのがいないのも同じ理《ことわり》なのである。

ところで、今はどうだろう。

「ああ、疲れた、疲れた、マイった、マイった、疲れたぞオーッ」

といいつつ玄関を入ってくる主、自ら上着を脱ぎ捨てハンガーに掛け、台所で水をガブ飲み、タタミの上にドデンとひっくり返ってタバコに火をつける。タバコは灰になれど手近に灰皿もなく、仕方なく茶ブ台の脚かなんかでモミ消しているそのそばで、子供らは主の帰って来たことなど見向きもせず、テレビマンガに夢中である。

「うるさいなァ、もう少し小さな音にしろよ」

こういうのがせいぜい。その一声ぐらいでは、子供は馬耳東風だが、それ以上はもうあきらめている。主はお疲れになっておられるのである。

「マイったァ、疲れたァ」

そういえばなんでも通ると思っている。働いたときだけならとにかく、マージャンをして来たときも、女をくどいて来たときも、

「マイったァ、疲れたァ」

だ。日曜日など、一日中、ゴロゴロしていて、のっそり起き上ったと思うと、

「ああ、疲れたァ」

要するに、疲れたァ、と女子供のようにネを上げるのを恥と思う精神が欠如しているのだ。すぐにアゴを出す自分を情けないとは思わず、アゴを出すのが当たりまえだ、と考えている。

アゴを出すのは自分が意気地なしだからではなくて、会社のせい、交通機関のせい、女房のせい、政治のせいだ。なにもかも人のせいにして闘うことを忘れた男は、今にこんなプラカードを担いで、歩きはじめるのではないだろうか。

――拝啓、総理大臣どの、むやみにアゴを出させるな。

総理大臣曰《いわ》く、

――自分のアゴぐらい、自分で責任持って下さいよ……

そうつぶやく声も弱々しい。大臣もアゴを出しておられるのであります。

ノゾキの世界の隠れもなき雄

シナリオライターのMは、ノゾキのMといわれ、その世界では隠れもなき雄として知られている。彼はシナリオライターという職業上、しばしば旅館の一室を仕事場とするが、その大半の時間はノゾキに費やされるということだ。

あるとき、彼はある旅館でシナリオを書いていた。仕事に飽きてふと顔を上げると、目の前にコンクリートの塀《へい》がある。脚を伸ばせばすぐ届きそうに近い。そう思ったトタン、はやMの頭にひらめくものがあった。それはその塀の上をまっすぐ歩いて行けば、旅館の風呂場の窓の前に出るということだ。

気がつくと即座にMは実行にとりかかった。Mは闇《やみ》にまぎれて窓からぬけ出し、塀の上を歩いて行った。風呂場はその塀の向こうのはずれ近くにある。風呂場から女のふくみ笑いが聞えてくる。Mはつい気がせいた。と、突然、足をすべらせ、塀の下に落っこちてしまった。落ちたところは運悪く塀の向こう、つまり隣家の庭である。犬が吠《ほ》え、家の中で人々がさわぎ出した。一一〇番、などという声も聞える。

Mは死にものぐるいで塀によじのぼり、自分の部屋にとびこんで布団にもぐりこんだまま、生きた心地もない。どうやら階下にはパトカーが来た気配である。女中の案内で警官が各部屋を調べはじめた。警官はMの部屋へもやって来た。

「こちらはT映画のシナリオライターのM先生で、お仕事のためにご滞在です」

と部屋の外で女中がいっている。

「Mさん、いらっしゃいますか」と警官の声。

「ハイ……何でしょうか」と布団の中から、ほそぼそと答える。

「頭痛がして、寝てるんですが」

警官は失礼しました、と立ち去って行ったが、しばらくすると、下のほうでそうぞうしい物音が起った。様子を見に出る気力もなく、布団をかぶっていると、やがてさわぎはしずまり、廊下から女中の話す声が聞えて来た。

「ほんとにイヤねえ。オトコって、どうしてああなんだろう……」

「でもつかまってよかったわ」

つまり塀の上でノゾいていた男が、Mの他にもう一人いたという次第だったのである。

しかしこんなノゾキは、Mにいわせるとほんの座興のノゾキであって、本格的なノゾキになると不屈の闘魂が必要だという。

まず第一にノゾキを本格的に行うには、旅館の部屋の構造をギンミしなければならぬ。部屋は隣室との境が壁ではなく、押入れと床の間が並んでいるという構造が必要である。そういう構造の部屋に入ると、女中が下るのを待って押入れに入り、天井板を押しはがすのだ。天井板は下から力をこめて押し上げると比較的簡単にはがれるが、その際、バリバリと大きな音が起ることはやむをえない。そこでその音をまぎらわせるためには電車の轟音《ごうおん》が必要になってくる。したがってその旅館が高架線のそばに位置していることも必須条件の一つに数えられるのである。

電車が走るのと同時に天井板を押しはがす。板を外すとそこから天井の中に上半身をさし入れる。そうして今度は向こうの部屋の床の間の天井をはがすのである。

腰にはかねて用意の小刀がある。その先で板を持ち上げ、その隙間《すきま》に消しゴムをはさんで隙間を固定する。それで大体の用意は整ったわけだが、そのへん一帯のホコリを拭《ふ》き取っておかなければ、隙間に目を近づけたときに顔がホコリだらけになる。そのためゾウキンも一、二枚必要で、拭き掃除を終ると、ビールなどを運んでおく。タバコは隙間から煙が出て行くのでよくないということだ。

かく用意を整えて客の来るのを待つわけだが、それほどの苦心も水泡に帰することがしばしばある。というのは、布団の位置が真中から向こう寄りになっているときは何も見えない。ときたま、男の毛ムクジャラの足がニュッと視野に入って来たり、パンティがパッととんで来たりするだけだったりするときの無念さは、宝くじに落ちたときなどの比ではないということである。

そのため、Mは女中が布団を敷き、客が風呂場へ行っている間に、決死の覚悟で隣室に忍び入り、大急ぎで布団を床の間寄りに引っぱっておく。その引き寄せ方が少し極端すぎても、それを真中へ敷き直す人間はまずいないという。

宮本武蔵《みやもとむさし》は兵法の極意を『五輪の書』にまとめ、その中で、たとえば内から外へ出るときは足から先に出よ、上半身を先に出してはならぬ、とか、絶壁の一本道を歩くときは、

「何者ッ！」

などと突然大音声に叫んでみて背後の敵にそなえることなどを教えているというが、Mはその教えに従って、女連れで旅館へ行ったときは、まず部屋の構造をよくたしかめたうえ、床の間、柱の隙、あるいは壁の鏡などに向かって、「こらッ！」とか「アカンベエー」とか、「イーだ」などと、威嚇《いかく》をしておくというのである。するとたいていの女はけげんそうに（中には不気味そうに）彼を見つめ、「なにやっ

てんの、あんた」というそうである。

新釈・舌切雀

「舌切雀の話というのは、実によくできた話だね。女というやつがいかに残酷、かつ強欲であるかという点を実によく衝《つ》いているよ。アッハッハァ……」

男が舌切雀の話を持ち出すと、結末はきまって、この勝ちほこった「アッハッハァ」でしめくくられる。そのときの男の顔は、まるで鬼の首でも取ったかのよう。

「ざまあみろ、これでグウの音も出ないだろう」

と、ひとの考え出したお話で、自分の株まで上げるつもりでいる。

ところで舌切雀の話だが、そもそもあの話のおじいさん（〝ヨイおじいさん〟ということになっている）、あの人は何を職業にしている人か知らないが、どうも話の具合ではあまり働き者ではない様子。雀ナド可愛がってノソラノソラと日を送っている非生産的な男のように思われる。

おそらくおばあさんは、乏しい家計のやりくりに必死で、糊《のり》などもお釜《かま》の底にくっついたご飯粒を一粒あまさずかめに貯《た》めておいてやっと作ったものであろうから、それをなめた雀が憎らしいのは当然である。

ついカッとして雀の舌をチョン切ったからといって、やれ残忍だ酷薄だと咎《とが》めだてするのはあまりに可哀そうだ。もとはといえばおじいさんの甲斐性《かいしょう》ナシがいけないのである。

舌を切られた雀は、可愛がられて我儘《わがまま》に育った者の常として、チイチイ、キャアキャアと大げさに鳴きさわぎ、家出をしてしまう。するとおじいさんは家のこともおっぽり出して、

「すずめ、すずめ、すずめのお宿はどこじゃいなァ」

と胴間声《どうまごえ》はり上げて捜しまわるさわぎ。その声を聞きつけた雀は、安キャバレーの女よろしく家から走り出て、

「さあさあ、ようこそ、おじいさん、お待ちしてたのよン」

と甘えて招じ入れ、早速歌えや踊れやの酒盛りとなる。

おじいさんは、家で汗水流して働いているおばあさんのことも忘れ、脇息《きょうそく》などにもたれ、金屏風《びょうぶ》の前でいい調子で、

「ヤンヤ、ヤンヤ」

とよろこんでいる。

「おばあさんのご機嫌、その後いかが？」

「まったくあの女には、わしはほとほと手を焼いておるよ。お前がいなくなったあとのおばあさんとの二人ぐらし、一日とて楽しい日はなかったよ」

「お察ししますわ、おじいさん、ホントにあの方はキッイかたネ」

おばあさんがキツくなったのはおじいさんのせいなのだ。どんな優しい女でも、こんなグウタラと五十年も一緒にいればそうなる。

私はだいたい、この小雀の小ざかしさが気に入らぬ。自分が糊を食ってしまった悪業も忘れて、一途におばあさんを恨み、大きなつづらにバケモノを詰めて復讐したりする。これもおじいさんがデレデレと甘やかしたためでなくて何であろう。

歓尽きておじいさんは家へ帰るという。小雀は大きなつづらと小さなつづらを出して、どっちを持って帰るかと聞く。おじいさんにこんなにも愛され、気心の知れた仲でありながら、まだおじいさんをためすようなことをする雀。

こういう小ざかしさが見ぬけないで、色香に迷う男というものはどうにも救いようがない。

二つのつづらを出されたおじいさん、気取って、

「小さいほう」

などという。甲斐性もないくせに見栄《みえ》だけは一人前だ。

小さいつづらから出た金銀財宝を見て、おばあさんが大きいほうをほしがったのは、ムリからぬことではないか。ノラクラじいさんを抱えての生活の不如意《ふにょい》、あまつさえじいさんが小雀といいちゃついている間に、溜《たま》った借金も利子がかさむばかりである。

早速、尻ハショリをして雀の家へ出かけて行ったおばあさんの心境を思うと、一《いっ》掬《きく》の涙を禁じえないのである。おばあさんは迎えに出た雀に向って、今までの行きがかりも忘れ、

「つづら、つづら、大きいほう」

と叫ぶ。いじらしいほど率直で無邪気だ。イジワル雀はニンマリほくそえみ、

「ではおばあさん、気をおつけになって」

と送り出す。

大きなつづらを背負ったおばあさんの胸中は、買い整えるべき米や冬支度のことでいっぱいである。途中でつづらを開けてしまったのは、その胸算用を急《せ》いたため

なのかもしれない。だが出て来たのはバケモノの群れだった。ああ、何という残酷な仕うちだろう。可哀そうなおばあさんは腰をぬかす。雀のお宿では、さぞかし小雀どもが笑ったことだろう。

「おばあさんはすっかり心を入れかえ、それから後は、おじいさんと仲よくくらしました」

お話の結びはこうなっている。可哀そうなおばあさんは、強欲ババアの烙印《らくいん》のもとに、辛い貧しい生涯を送ったのである。

この話は女性哀話である。女は残酷なのでも強欲なのでもない。男がそうさせ、家庭というものがそうさせるのだ。男はその上にアグラをかいて、一見、被害者のふりをしながら女を利用するのである。

第二章　こんないき方もある

海竜社刊
昭和四十五（一九七〇）年
著者四十七歳

◆キーワードで見る当時の世相◆

昭和43年　東大安田講堂封鎖

輸出の好調が支えになり、日本経済は急成長をとげる。GNPは世界第二位となったものの、全国の大学に学園紛争がひろがる。

日大の場合は使途不明金約20億円が露見したのが発端。専制的運営に対する民主化要求は、しだいに管理社会化した大学制度そのものに対する不信となり、紛争は激化、東大安田講堂が封鎖されるなど、既成の価値観が崩れていった。

昭和44年　アポロ11号月面着陸

東京大学が入試を中止。

国際収支の黒字は拡大。エコノミックアニマルといわれるほどよく働き、「猛烈社員」「働きバチ」という言葉もうまれた。

アポロ11号が月面に着陸したのも、この年である。

昭和45年　大阪万国博覧会開催

大阪で万国博覧会が開催された。そのテーマ「人類の進歩と調和」は当時の日本の方向を示していた。

東京都の消費者物価は世界一となった。

再婚自由化時代

わが国には〈出もどり〉という言葉がある。それから〈嫁《ゆ》きおくれ〉という言葉がある。それからまた〈二度目〉という表現もある。この三つの言葉はそれぞれに、女はかくあるべしという観念から批判的なニュアンスをこめて作られている。その証拠にそれらの言葉を口にする時、人は必ず声を潜めるのだ。

「あの方、二度目ですって……」

「あら、まあ……へえ……そうだったの……」

それからこんな言葉がつけ加えられる。

「でもほかへいわないでね」

「ここだけの話よ」

まるでそれらのことが、その人のどうにもならない人間的な欠陥であるかのように、そういうのだ。

確かに三十娘や離婚や再婚が、その人の人間的な欠陥に原因している場合はあり得るだろう。しかしそれはいわば、駈けるのが下手《へた》なので運動会でビリだったり、転んだり、転ばされたりしたことと、本質的には何の変りもないことである。なぜ、女は〈つまずき〉を怖《おそ》れるのだろう？　なぜそれを取り返しのつかぬこと、と思うのだろう？　なぜ不幸は隠さねばならぬことのように考えねばならないのだろう。

人生のつまずきは、さらに新しい人生へ向かう一つの契機にほかならない。それ以外につまずきの持つ意味を考える必要はない筈《はず》である。運動会でつまずいて転んだ子供が、起き上って走って行くとき、大人《おとな》たちは感動して声援の拍手を送る。それなのに女がその人生でつまずいたときは、人々は目を逸《そ》らすのだ。なぜだろう？

私が女学生の頃、ふとした事件で数人の生徒が女教師に叱責《しっせき》される事件が起きた。私もその叱責されたグループの一人に加わっていたのだが、われわれはその女教師の叱責を甚だ理不尽なものに思い、日が暮れても学校から帰ろうとせずに、口惜《くや》しさのあまり教室の中にかたまって心ゆくまで号泣したのだった。そのとき、声をはり上げて泣いている仲間の一人が、ふと泣き声をやめていった。

「えらそうなこというたって、あの先生、四度目のくせに……」

「四度目」

私は泣くのを中止して訊《き》いた。

「何が四度目?」

すると彼女は答えた。

「旦那《だんな》さん、四人目――」

叱《しか》られた口惜しさの中で、彼女はその教師についての最高の欠点を探したのだった。わからず屋とか、意地悪ばあさんとかでは、比較にならないほどの最高の悪口が〈四度目〉という言葉だったのだ。結婚を四回もした教師に、生徒を叱る権利があるのか! 彼女はそういっているのだった。結婚を何回もするということはそれほどまでに大きな人間的欠陥であるという通念は、そんな幼い女学生の頭にもしみ込んでいたのである。

わが国には〈ガンバリ〉に対する非常に強い讃美の精神がある。子供を抱えた未亡人が、手内職で一家を支えたという話は、文句なしに人を感激させる。だが子供を捨てて再婚した女は、冷やかな身勝手者として批判され易い。しかしそのどちらが善い悪いということはいえないと同様に、どちらがガンバリの勇気に欠けているかということだっていちがいにはいえないのである。現状を自分の力で壊すということは本当に勇気の要ることなのだ。どんなに苦痛に満ちた生活も、連続している間はまだ耐え易いものである。苦しいながらも惰性が前へと進めてくれるからだ。最も大きな苦痛というものは耐え忍ぶことよりもむしろ〈断ち切る〉ことにあると私は思う。それによって人を傷つけ、また自分も傷つくことの苦痛を踏み越えなければならないからだ。それを踏み越え、そして新しく進んで行く力をふるい起すとき、人は本当にその人生を豊富にすることが出来るのである。

人間の不幸や苦痛の量を比較するのはおかしな話である。しかしわれわれ女は、ややもするとこの比較をしたがるようだ。そうした再婚に踏み切った女は、容易な道を選んだかのように批判され、当事者自身もまるで前科者にでもなったかのように、肩身の狭い思いをしてくどくどと余計な弁明をしたりする。もっと弱い人になると、世間一般のそうした通念に負けて心ならずも無理ながんばりを自分に強いて、いやが上にもみすぼらしくなっていったりするのは、つまらないことである。

女は独身でいるよりは、たとえ失敗しても結婚した方がよい。忍耐だけで成立っている結婚生活をしているよりは、別れた方がよい。別れて一人で無理な頑張りようをしているよりは再婚した方がよい。ものごとに〈こりた〉などという考えはよくない考えである。自分はこうだからダメだときめてしまう考え方も、よくない考えである。私は近頃、そう思うようになった。それはあるいは私自身が再婚したことによって成長した一面といえるかもしれない。再婚をしたからといって、今度失敗したら、もうおしまいだ、などとビクビクする必要は少しもないのである。再婚に失敗すれば三度目をやればよい。三度目に失敗すれば四度目をやればよい。三度目以上の結婚者は胸に勲章をぶら下げることにしてはどうであろう。なぜならばそれは、自分自身の力で積極的に切り開いて行った勇者だからである。

現代は女にとって特に輝かしい新しい時代が来たといわれている。何かというと女は強くなった強くなったと男性からいわれ、おだてられたり、からかわれたり、イヤミをいわれたり、歎《なげ》かれたりしているようであるが、靴下なんぞに比べられて強くなった強くなったと得意になっていてはならない、と私は思う。われわれ女性はまだ真の意味で男性から独立してはいないのではないだろうか。女性は現実生活の中でやたらに強がっているだけで、まだまだその精神は男に依存しているように思われる。女の離婚や再婚に対して一般女性の考え方が批判的であるのは、男性によりかかった価値基準で結婚ということ、女というものを見ているからではないだろうか。

男たちは一度結婚した女を古モノという観念で見る。そして男の目でものごとを見ることに馴《な》らされた女たちは、自分で自分を古モノだと思って自信をなくすのである。女の離婚者（乃至《ないし》は未亡人）が古モノなら、男のそれも古モノである筈だ。それなのに女の古モノだけが値が下がり、男の古モノは下がらないのはどういうわけなのか。まるで女というものには若さや新しさ、肉体的な純潔だけにしか値打ちがないかのように。女は大根やサンマとは違うのである。

女は古モノでありながら、新《さら》モノの男と結婚し、うまいことをした、とよく人からいわれる。だがいったい何がうまいことなのか、私にはさっぱりわからない。うまいことをしたのは、あるいは私より夫の方であるかもしれないとさえ思っているほどである。というのは、一度結婚をした女というものは、未経験者よりも男性に対する認識を深めているということがいえるのだ。

亭主とは夜遅く帰ってくるもの、しかしそうだからといって女房を忘れているわけではないこと、会社と家庭の中間で、自分ひとりの時間を持ちたがっているもの、一見強けれども心弱く、悪がってはいてもおおむね好人物であるなど……こうした認識を深めている古モノ女房は、新《さら》女房よりは遥《はる》かに寛大でものわかりがいい筈だ。喧嘩《けんか》をするにせよ、仲直りをするにせよ、話が早い。（もっとも逆に急所を突き刺すコツなども心得ているから油断がならないという説もあるけれども）

少なくとも再婚者はそれくらいの自信を持って進みたいものである。要するに女は常に女自身で生きることだ。いろんな既成の観念にも煩わされず、女自身の考えで行為することだ。女はもっと強くならなければならない。しかし、それは男に対してではなく、女自身に対してなのである。

みがく

かつて女が家族という小さな囲いの中に閉じこもって暮らしていた頃、女はみがくことによってその単調な暮らしにリズムをつけていたと思う。

私が子供の頃のおとなの女たちは、一日いっぱい何かをみがいていたような気がする。鍋《なべ》をみがき、釜《かま》をみがき、やかんをみがく。格子戸も敷台も柱も廊下もたんねんに拭《ふ》きこまれて、何ともいえぬ静かなまろやかな沈んだ艶《つや》を放っていたものだ。そうした家の前に立つと、その家の主婦の人となりや生活のリズムや日常への愛情が自然に伝わってくるような気がしたものだ。その頃の女性にとって、みがくということは「女の仕事」とか「義務」などというような重たいものではなく、自分の中から一つの欲求として発してくる自然な気持だったのではないだろうか。

ものに艶を出し、光らせるためにさまざまな薬品があった時代ではなかった。金属の汚れを取るには磨き砂、廊下や柱を拭きこむにはせいぜいヌカかおから程度のものがあっただけだが、ヌカやおからを使って廊下を拭くという家は、相当に贅沢《ぜいたく》な家で、普通はかたく絞った雑巾《ぞうきん》で拭くという、ただたんねんなくり返しへの専心があっただけである。そのくり返しへの専心は一日も早く光らせたくて専心するのではなく、日常生活の中に行きわたっている家への愛情がそうさせるものなので、そこから出た艶や光は、決してピカピカしたものではなくて、歳月の中からしっとりとにじみ出て来た光なのである。いいかえるならば、狭い世界に屈《こご》んで暮らしていた女の、ささやかな愛情の光なのであった。

単調でたんねんなくり返し——今の私たちはもうその単調なくり返しの中に喜びを見つける気長さを失ってしまっている。私たちの暮らしは外側に向けられた。外部のものをとり入れ、外の世界に向うものになった。みがくことの喜びは、新しい知識を吸収したり、余暇をたのしむことの喜びに取ってかわられた。私たちは簡単に艶を出せる薬品を買うことも出来るし、また手をかけないでも光っている建材や器具も出まわっている。かつての女性にとって、みがかれた家や家財は、女の甲斐《かい》性《しょう》の現われとして、自慢のひとつでもあったのだろう。しかし今ではいかに合理的に生活を簡便化しているかが、主婦の能力であり自慢の種となりつつある。

先ごろ、私は思い立って佃島《つくだじま》へ行ってみた。佃の渡しが廃止されたので、勝鬨《かちどき》橋《ばし》を渡って月島《つきしま》へ行き、月島から佃島へ入った。佃から見る隅田川《すみだがわ》対岸の空はスモッグに濁り、くろぐろとよどんで動かぬ大川の上を、そうぞうしい音を立ててヘリコプターが飛んでいた。東京はもうどこへ行ってもかつての俤《おもかげ》を残している場所などないのだと、同行の友人がいったとき、ふいに私はある雰囲気に包まれて足を止めた。

都市の近代化の波が押し寄せて来ているそこに、まさにみがきぬかれた格子戸の二軒の家を見たからだった。佃島は私の故郷《ふるさと》でもなければ、思い出の土地でもない。ただ何となくぶらりと一、二度訪れただけの行きずりの町である。それなのにその小さな二軒の家の、まるで申し合わせたようにみがきこまれた格子戸や、窓わくやハメ板に、私は故郷を感じたのだった。

「みがきこむ」ということには、今では故郷の感じがある。すっかり変貌してしまった故郷の町外れに、思いがけず残っていた一本の大いちょうの木を発見したときのように、あるいはとっくに死んだと思っていた屋台のタコヤキ屋のおじいさんが、まだ元気でかつての場所に屋台を出しているのを見たときのように、私は佃島のあの家を思う。それほどみがくということは、私たちの生活の遠くへ行ってしまったのだ。長い時間をつみ重ね、かつての女はものをみがき上げた。みがくことで忍従の涙をまぎらせたこともあれば、かいがいしい心がみがく腕に力をこめたこともあるだろう。私たちは今、時間をかけずにものをみがく。手っとり早く艶を出す。悲しみもよろこびも籠める暇なく、みがき上げてしまう。だから私たちのみがいたものたちの光は、かつての女のひとの手でみがかれたものとは光の質がちがうのである。

親バカ落第

母親というものはふしぎなもので、実際以上に自分の子供を買いかぶっている場合と、実際以下に信用していない場合と、ほぼこの二つの型に大別されるようである。その中間というのはあまりない。中間というのはつまり、子供に対する関心があまり強くないことから起る型で、私などはどうやら、この中間型に属しているのではないかと思う。したがって私が親バカでないのは、子供への関心があまり強くないということから起った現象なので、少しも自慢にならないのである。

親バカとは、子供に対する愛情に溺《おぼ》れて、わが子の悪さに気づかぬことをいうと広辞苑に出ているが、むやみやたらと子供を疑い、けなし、うちの子はダメだダメだと思い込んでいる母親もまた、親バカの一つといえはしないだろうか。それは一見、愛情に溺れていないように見えながら、やはりなにかに溺れていることなのである。冷静な賢母であらねばならぬ、子供をヨイ子にせねばならぬという使命感に溺れているのかもしれない。

私の父は大そう感情の起伏の激しい人で、激情家と呼ぶのにふさわしいほど、喜怒哀楽が激しかった。私は男四人、女二人の末っ子に生れたが、父が年老いてから生れた私は、特別に父の溺愛《できあい》を受けた。父は平気で他人のまえで「この子は光のようだ、この子がいるとあたりが明るくなる」などといったし、また「この子は利口です。こんなに利口な子供はぼくは見たことがない」といい、相手は返事のしようがなくて困っていた。実際に私がかぐや姫のように光り輝く利発な子供であったのならば、誰もそんな父を笑いはしなかったのであろうが、実際はドングリマナコのハナタレ娘であったのだから、母をはじめとして兄、姉、女中、出入りの商人に至るまでが、そんな父の親バカを笑うのだった。

しかし、そんなふうにして皆が笑い顰蹙《ひんしゅく》しているのを見て、そのモトをなしている私自身は複雑な気持だった。私は笑っている母たちに対して腹を立てるべきか、親バカの父に怒るべきかわからなかった。はっきりいえることは、私は屈辱感を味わわされたということである。親バカの親を持った子供は、それほどまでに自分を信頼してくれる親に感謝するかといえば、決してそうではない。私は、たえず父を恥かしい人だと思っていた。うるさくてたまらないとも思っていた。長い間私の中にあったものは、父から被害を受けているという意識だった。

子供はおとなの想像もつかないほどの鋭い感受性を持っていて、しばしばおとなの心理のひだの奥を見ぬいているのをおとなは知らないようである。クリスマスの夜、枕もとにプレゼントを置くのは、おとなであってサンタクロースではないということをぼんやりと知っていながら、私は翌日、父が私たちの部屋へやって来て

「サンタクロースの贈りもの」を見てわざと仰天《ぎょうてん》してみせ、そうして私を抱き上げて、

「さあ、お空に向かってサンタクロースのおじいさんにお礼をいいなさい」

といったとき、何も知らないような顔をして、

「サンタクロースのおじいさん、ありがとう」

といってみせた。それはまだ幼稚園へ上るか上らぬ頃のことだったと思う。そのとき、そういった私の中には、父に対するサービスの心があったことをはっきり覚えている。おとなは子供というものは何も知らないと思っているな、としばしば私は思ったものだ。来客の禿《は》げ頭に紙ツブテを飛ばしたのを、父は断乎《だんこ》として私のしわざだとは信じなかった。そのときも私はおとなは甘い、と思ったことを記憶している。私は唐突に、あれは私のやったことだ、と告白した。すると父は、格別、驚きもしないでこういったのである。

「えらい！　この子は正直者だ。感心、感心……」

そのあとで、私は父が母にこういっているのを聞いた。

「だいたい、あの禿げようを見ては、どんな子供だってほうっておけぬ気持になるよ」

母親になった私が親バカになれないのは、ひとえにこうした父に育てられたせいなのだろうと私は思う。

あるとき、女の友だちが集って四方山《よもやま》話に興じていたとき、一人の人が私に向かって、ほとほと感にたえぬようにいったことがある。

「あなたとつき合って長いけど、あなたが子供のことを話すのを、まだ一度も聞いたことがないわ」

そういわれると、なるほど、私は人のまえで子供の話をしたことがない。子供の体重が何ヵ月で何キロだとか、ミルクの飲み方がどうだとか、もう這《は》うようになったとか、ブウというようになったなどと、赤ちゃんを持つお母さんが夢中でしゃべりこんでいるのをよく見かける。また学校へ行くようになった子供が、こんなしっかりしたことをいうとか、どういうものだか先生が可愛がって下さって……などという話を何時間も聞かされた経験もある。そんなとき、私もなんとかしてそうした話題に参加したいと思うのだが、大体私は子供の体重がどれくらいあるか、いつ這うようになって、いつブウといったかなどということはすぐに忘れてしまうし、小学校へ上った子供はただ元気に通っているだけで、特別人に告げたいと思うようなことも見当たらないのである。

小学校の入学式の十日ほど前にランドセルを買ってから、子供は毎日、ランドセルを背負いつづけて暮らしていた。食事のときも、夜パジャマに着かえてからも、お使いに行くときも、ランドセルを背負っているのだ。こんなふうな率直な無邪気な喜びの表現を見ると、私といえども母親としての感動で胸がいっぱいになる。子供というものはなんという、いじらしいものだろうと思う。しかしこの感動は他人に伝えるのが困難な感動だから、私は黙っているのだ。

「うちの子はパジャマの上にランドセルを背負ってテレビを見ているのよ。ああ、わたし感動したわ」

では親バカを通りこして「へんな母親」になってしまう。そのとき、私はふと、こんなことを思った。昔、父が私のことを「光のようだ」といったのは、こうしたたぐいの感動を、その言葉で表現したのかもしれない、と。そんなふうに考えれば、どんな子供も、ハナタレ小僧も頭でっかちもみんな、親にとって子供は「光のよう」であることは間違いない。

三下《さんした》奴《やっこ》の悲しみ

私は子供の頃、小心者の意気地なしであった。表へ行く時はたいていお手伝いか四つ年上の姉と一緒で、人から何か話しかけられると、もうそれだけで涙ぐんでしまうというふうであった。そんな私はガキ大将の目から見ると好餌《こうじ》であったにちがいない。学校の帰り道、必ずガキ大将が待ち伏せしていて、私は虐《いじ》められた。

「こらっ！」

とガキ大将は私を見るといった。

「こらベッピン！」

子供の頃、私はなかなかの美少女であったのだ。しかしベッピンという言葉は今でも私にはホメ言葉としてではなく、何か淫《みだ》らな、下品なニュアンスをもったいやらしい言葉として印象づけられている。

「ベッピン！」

といわれると私は泣き出しそうになった。世界中で一番いやらしい侮辱をこめた言葉に感じた。私は夢中で走り出す。ランドセルの中で筆箱や弁当箱がコトコトと鳴る。曲り角まで来ると我が家が見える。そこまで来ると私はふり返っていった。

「アホ！」

それが私が捨台詞《すてぜりふ》というものを使った最初だったと思う。

捨台詞というものは、本当は芝居の中で役者が退場する時に、その場の雰囲気を生かすためにいう短い台詞のことをいうのだとある人が教えてくれたが、私は経験上、弱虫が口惜《くや》しさ悲しさいっぱいになって力及ばぬ相手に投げつける言葉であるというふうに感じて来た。

ところで、ある日、弱虫の私は突然、変貌した。私は弱気を捨ててガキ大将になろうとしたのだ。ヤケクソの奮起力とでもいおうか、ある日、私は突如、男の子をつき飛ばし、ブン殴って泣かせたのである。いうならば浅野内匠頭《あさのたくみのかみ》が松の廊下で吉良上野介《きらこうずけのすけ》に斬《き》りかかったようなものだ。力をふるってみて、案外、男の子なんて弱い者だということがわかった。それ以来、私は女のガキ大将になって行ったのだ。

学校の帰り、私は弱虫の男の子に向かって怒鳴った。

「こら、ションベンたれ！」

その子は授業中に便所へ立てなくて、おシッコを洩《も》らしてしまったことがあるのだ。その子は一目散《いちもくさん》に走り、曲り角まで行ってふり返ると叫んだ。

「お母ちゃんにいうたんねン」

それはかつての私の「アホ！」と同じ悲しさと口惜しさに満ちた叫びであったろう。その気持は私によくわかった。


その後、私は村芝居でこういう場面を見た。大男の怪力無双の暴れん坊にチビの三下奴がやっつけられる。コテンコテンにやっつけられた三下奴の三枚目が、

「おぼえてろ！」

と叫んで舞台を走り去って行くところで見物はわっと笑った。

そのとき私は思い出した。「アホ！」という捨台詞と「お母ちゃんにいうたんねン」という捨台詞を、である。私は捨台詞をいう方の孤独も、いわせる方の孤独も知っている。世の中の人の大半は捨台詞をいう方の悲しさ辛さに同情する。しかし本当はそれをいわれた方も悲しさ淋《さみ》しさでいっぱいなのである。芝居の怪力無双の大男は、

「おぼえてろ！」

といわれて、カンラカンラとうち笑い、両手を打ち合せてホコリを払ったりして

いたが、現実にはとてもカンラカンラというわけには行かないのだ。

ある時、私は親しい友人の夫婦喧嘩に立ち会った。その夫婦はだいたい奥さんの方が強くていつも旦那さんの方は我慢していることによって平和を保っている夫婦である。奥さんは始終、旦那さんの甲斐性《かいしょう》なしを罵《ののし》っているが、旦那さんは殆《ほとん》ど口答えというものをしたことがない。従って夫婦喧嘩といっても一方的に奥さんが罵りわめくというようなもので、奥さんは常に不戦勝のもの足りなさをかこっていたのである。

その時も奥さんは一方的にわめき立てていた。いくらわめいても旦那さんは沈黙している。ついに奥さんは叫んだ。

「あんたみたいな甲斐性なしとは、もうこれ以上、一緒に暮らせません。もうイヤよ！」

旦那さんは黙って立ち上って部屋を出、玄関で靴を履《は》いた。そうして玄関の戸を開けて出、閉め際に一言いった。

「こっちもや」

そうして旦那さんの靴音は遠去かったのである。その後暫《しばら》く奥さんは一点を睨《にら》んだまま呆然《ぼうぜん》としていた。昔から捨台詞は弱者がいうものときまっているようである。しかしいった弱者よりもいわれた強者の方が、本当は辛く淋しいものなのである。

笑いの素材

もう今ではそんなスタイルも見られなくなったであろうが、私の子供のころ、大阪の男は夏になると白い短い腰マキに甚平《じんべい》上着、緑色の大きなこうもり傘《がさ》をさして歩いていた。私の父は東北の生まれで東京で長年暮らしていたので、何かというと大阪人を軽蔑することを趣味のようにしていた人だが、

「大阪の男はなっておらん！　男のくせに腰マキなどしてあれはいったい何だ。恥を知れ恥を」

と終始怒っていた。

そのせいか、大阪というと私に浮かぶイメージはまずその腰マキ姿である。このユーモラスな格好は大阪人というものを象徴していると私は思う。私の母方の叔父

はある日、商売仇《がたき》と喧嘩《けんか》をした。二人はどことかの堤で決闘することになったが、商売仇は獰猛《どうもう》な土佐犬を引っぱって来た。叔父は商売仇を殴ってやろうと身構えていたのだが、その土佐犬を見て、いった。

「あんた、その犬、引っこめなはれ」

「いやや」

と商売仇はいった。

「いややちゅうことはないやろ、引っこめなはれ」

「なんであんたに命令されんならんのや。引っこめようと引っこめまいとワテの勝手や」

土佐犬が一歩踏み出したので叔父は一歩退《さが》った。土佐犬は静かに歩き出した。叔父は数歩下がった。土佐犬は綱を握っている商売仇が引きずられるほどの力で歩き出した。

「こら、こら、こら」

といいながら商売仇は引っぱられて行った。土佐犬は叔父の前を通り過ぎ、何を見たのか猛烈な勢いで商売仇を引きずって進み始めた。

「あんた、どこへ行くねん」

叔父はいったが、商売仇は、

「こら、こら、こら」

と叫びつつ犬に引きずられて真直ぐに走って行ってしまった。

「それで喧嘩はどうなったの?」

母が聞くと叔父は、

「どないもこないもあらへんがな。相手は行ってしまいよったんや」

と答えた。

東京の人ならば「あんたその犬、引っこめなはれ」という前に、その犬に勝つ方法を考えるだろう。あるいは、犬を連れて来た相手の卑怯《ひきょう》を怒るだろう。しかし大阪人はまず「引っこめなはれ」と要求する。すると相手は、「いやや」と拒否する。この二つの会話に大阪人の面白さが凝縮されているように私は思う。

一見ノンビリした喧嘩のようだが、二人は緊張し真剣に率直に喧嘩に勝つべく考えを巡らせ、その問答をかわしている。そこに大阪人のユーモアが生まれるのだ。

東京のある女子高校に若い女の先生がいた。彼女はある年の夏休みを利用して、整形美容医院で鼻と眼を整形した結果、見違えるような美人になった。見違えるような美人になったとたんに彼女はそれまで履いていたズックの靴をやめ、背ノビをしているようなハイヒールに、ぴったり腰にはりついたタイトスカートを穿《は》いて踊るように歩くようになった。踊るように歩く、というのは履き馴《な》れぬハイヒールを履いて気どって歩くと踊るような歩き方になるのである。

そうしてある時、彼女はあまり気どりすぎて学校の階段の上から下まで転げ落ちた。そのへんにいた生徒が驚いて駈け寄った。上から下まで転落したのであるから、普通ならばうーんとノビてしまうところである。しかし彼女はすっくと立ち上った。そうして向うへ飛んだハイヒールを履き、心配そうに見守っている女生徒に向って一言、

「だれにもいわないでね」

優しくいって何ごともなかったようにその場を去って行った。

しかし翌日から数日の間、女先生は学校を休んだ。彼女は腰の打ちどころが悪くて入院したのだ。この話が東京風であるゆえんは、すっくと立って「いわないでね」の一言にある。もしこの女先生が大阪人であったなら、どてんと伸びてうーんと唸《うな》り、廊下を這いながらふり返って、「いわんといてや」ということになるのであろう。正直さから生まれるユーモア、飾る心から生まれるユーモア、そのどちら

も私には面白く、東西を問わず人間というものがしみじみいとしくなるのである。

文明の利器

私の少女時代、〝文明の利器〟という言葉があった。確か電話、電信、ラジオなどが文明の利器として挙げられていた物だったと思う。今では文明の利器という言葉は、ヘッツイ（かまど）や鉄砲風呂や桶《おけ》や釣瓶《つるべ》井戸などと同じように廃《すた》れてしまった。一切の電気製品は利器ではなく、茶碗《ちゃわん》や箸《はし》のように日常生活に溶け込んでしまったのだ。

人間はもうどんな〝文明の利器〟にも驚かなくなった。海中に海中都市が出現してもびっくりしないだろう。そのうちに自然から手ひどい報復を喰《くら》うようなことになっても、驚かないかもしれない。驚かず後悔せず、それごらん、やっぱりこういうことになったよと、ブツクサいいながらバタバタと倒れて行く。

「政治家が悪い、政治がなっとらん」

そういって倒れる。決して自分のせいだとは思っていない。しかしよく考えてみると、これは政治家や企業家のせいばかりでない、我々一人一人のせいなのである。それを忘れているところに、現代人の問題があると思う。

私は電化生活、快適生活というものがあまり好きでない。電気製品はせいぜい洗濯機にラジオくらいで、後は何もいらぬと思っているが、中でも無用の長物と思っているのは自動ドアーというものである。私はこれが大嫌いである。バグダッドの盗賊じゃあるまいし、「開けゴマ」といえば（いや、いわなくても）、歩いて行けばひとりでにドアーが開くとは、人間の堕落も極まったという感じがする。

ある時、私は新幹線でドアーを閉めようと一生懸命にノッブを引っぱった。引っぱっても引っぱってもドアーはビクともせぬ。ムキになって足を踏んばり、「うーむ」と力んだがそれでも閉まらぬ。するとそのとき、傍《そば》の座席に坐《すわ》っていた男性が、ボソボソというのが聞こえた。

「ジドウ……ジドウ……」

私には何のことやらわからない。またもや「うーむ」と力んでノッブを引っぱる。すると、彼は少し声を大きくしていった。

「ジドウ……ジドウ……」

やっと私は気がついた。ジドウとは自動ドアーのことなのだ。一歩下がればドアーは難なくスルスルと閉ったのである。傍の座席の男は、「フン！」という顔をして窓から外を見た。私は完全にアホウだと思われたのだ。

またある日、私はホテルに行こうとして歩いていた。ロビーで待ち合わせている人があり、時間が少々遅れている。私は大股《おおまた》の急ぎ足でツカツカとガラス扉の方へ歩いて行き、突然ガチャン！　とガラス扉にぶつかった。私は出口と書いてある方へ向って歩いて行ったのである。

文化生活というものは疲れるものだ。私はつくづくそう思う。片時も神経を遊ばせていられない。入口と出口が別々になっているのは、田舎博覧会かお化け大会くらいのものだと思っていた。それも、歩いていけばひとりでに出口へと出て行けるようになっている。

文明の生活が進歩すればするほど、人間は慌ただしいコセコセ人間になり、たえず目をキョロキョロさせ、いろんな標識に注意しながら生きて行かねばならないのだ。これでは人生をいかに生きるかなど考えている暇はない。毎日毎刻、標識を見るだけでせいいっぱいだ。そうして緊張し過ぎ、キョロキョロし過ぎ、ノイローゼが増えているという。ノイローゼの気《け》のない人間はよくよくの鈍感か、足りない人とみなされる傾向さえある。やがてそのうちに文明の世の中では半病人になるのが健全な人間である証拠だということになるのかもしれない。

ガンコばあさん歓迎

この数年来、中年婦人が集まると、きまって養老院行きの話が出るという。

「もう子供にたよるという時代ではありませんからね。そろそろ養老院行きのお金をためようと思っているの」

まだ子供は中学、高校へ行っているというのに、もはやそういうことが話題になっているというのは、何ともわびしい話だとお思いになりませんか、みなさん。

といったからといって、私は老人が若夫婦の間に出しゃばってハシの上げおろしにナンクセをつけるのがよいといっているわけではない。私がいいたいのは二十年も先のことを、四十代のいまからきめてかからねば安心できないという、その消極的な親の意識についてなのである。

男女を問わずいまの中年が失っている自信の分量というものは、かつて戦争中にたたき込まれた尽忠報国、撃ちてしやまんの精神の量と同量ではないかと思われる。敗戦によって撃ちてしやまんの信念が雲散霧消したあとのガランドウに「ものわかりのよさ」という代用品が詰め込まれた。

自信のなさとものわかりのよさがよじれ合って養老院行きというコースを考え出した。くり返しいうが、私はなにも養老院行きがいかんといっているわけではない。へんに気をきかせたような、若い者にとって自分は無用の人間であるという、自信を失ったことなかれ主義が情けないというのである。

賢いネコは年老いると、飼い主に厄介をかけたくないと考えて、死が近づくと家を出ていくという。しかしわれわれ中年はネコではない以上、ネズミをとらなくなったからといって養老院へ姿をかくす必要は少しもないのである。老人は年老いたことによって、はたして無用の長物となるのであろうか？

ひと昔前の老人は必要以上にいばりすぎていた。その反動か、いまの老人は必要以上に遠慮しすぎている。

「もうもう若い人たちのおじゃまはいたしませんですよ。若い人たちには若い人たちのやりかたというものがありますからハイ。それはいろいろ、見かねることはないではありませんけれどもねェ、オホホホ……」

と笑う声には、心から喜んで隠退したのではない、寂《さみ》しいあきらめがにじみ出ているのである。大切なことは、若い者にとって、年寄りの存在が必要であることを感じさせる老人になることだ。経験者としてイザというときにいい知恵を貸してもらえるという信頼を若者に与える老人になることである。ふだんはうるさい姑《しゅうとめ》さん、ガンコばあさんでも、信頼と尊敬を持てる人間であれば若い者は一目《いちもく》おくし、その存在を必要とするものなのだ。

同じ養老院へ行っても、むすこたちの心の一角に存在している場合と、老猫《ろうびょう》ナミの養老院行きとは大いにちがうのである。

へんな言葉「夫と妻の話しあい」

「夫と妻の話しあい」という言葉をこの頃よく聞くが、全くへんな言葉だと思う。

「話しあい」という言葉から私が頭に浮かべるイメージは、労使の話しあいとか、知事と都民代表との話しあいとか、立場が相反している者が協調を目的として懇談している図である。

だから「夫が話しあいに応じないのが不満」とか、「もっと話しあいの時間を持つべきだ」などという妻たちの言葉を聞くと、何となく別居の相談とか、慰藉《いしゃりょう》料の談判をしている光景が目に浮かんでくるのである。

今の若い妻たちが夫に求めている「話しあい」とは具体的にいってどういうことなのか、正直いって私にはあまりよくわからない。「夫と妻の話しあい」というテーマで大勢の奥さんや旦那さんたちと一緒にテレビに出演したことがあるが、そのとき一人の旦那さんがこういっていた。

「話しあい話しあいといいましてもねえ。月給が安すぎるとか、こんなに物価が上がって、どうするの、などという話ばっかりじゃねえ。こちらとしても好んで安月給をもらってるわけじゃなし返事に困るんですよ」

また別の旦那さん曰《いわ》く、「会社のことを話せといわれても、女房が知らない世界のことを説明するのは大へんでしてねえ。仕事のことになるとなおさらです」

「それにぼくの知らない近所の人たちの噂《うわさ》を聞かされても、べつに述べるほどの意見もないしねえ……」

話しあいをしない夫に不満を持っている妻の、その夫の方もまた、そんな妻に不満を持っている。お互いに不満を持ったまま、解決の望みを相手に任せて、ただ相手が変化することを要求している。

このとき、一人の若い夫人がこういった。

「私は一日うちにいて家事に追われています。知りたいと思っても、どうしても社会の動きなどにうとくなっていきますので、夫を通して色々なことを知りたいのです。ですから夫の仕事や会社のことなど、もっとよく話してほしいのです」

これでは全く平行線だ。夫が関心を持つことと、妻が関心を持つことが平行したまま、決してまじり合おうとしないのだから、会話が面白いわけがないのである。

われわれが楽しくない会話、関心のない会話でも、熱心に話をするのは相手が他人だからであって、エチケットとしてやっているのである。だが他人に対するエチケットと同じものを自分の家でしなければならぬとしたら、家庭のイミは何もないということになってしまうのではないだろうか。

黙っていたいときに黙っていられる場所――それが憩いの場というものであり、

家庭がその場であることはいうまでもないことである。黙っていたいのに、意志をふるい起して妻の進歩のために仕事の話や社会の動きを語らねばならぬとしたら、少々、旦那さんがたもお気の毒のような気がする。といって、私は一方的に男性の肩を持とうとしているわけではない。夫婦間の不平不満には必ず平等の責任があると私は思っている。

夫が話しあいをしないといって嘆いている奥さんは、夫のために面白い話題を提供するだけの配慮を持っているだろうか？　妻がしゃべってうるさいという旦那さんは、いったい何が、妻をしてかくも話しあいを求めさせているかについてその心の奥底を考えてみたことがあるだろうか？

特に話しあいをしなくてもコミュニケーションが行なわれている夫婦というものが理想の夫婦だと私は思う。そのためにはまず、要求と不満のプラカードを引っこめることからはじめてはどうであろう。

愚妻呼ばわり大いに結構

先ごろ、一般家庭婦人が何人か集まって大いに気炎を上げる会に出たところ、「悪妻といわれるのはいいが、愚妻といわれるのはいやだ」という意見の人がいた。

悪妻よりも愚妻の方がかわいげがあっていいのではないかとかねて私は思っていたのだが、その後聞くところによると、近ごろ夫が妻を愚妻といって人に紹介するその呼び方が、〈進歩的女性〉のカンにさわっていて、もっとましな呼び方をしてほしいと要望が出ているそうである。愚妻といったからといって、何も本気で人前で妻を軽んじているわけではないことぐらい、わかりきったことだ。私の夫は私のことを「我が賢妻」というが、本心からそう思っているのではないことも、またわかりきっていることとなのである。

一家の主人が絶対の権力を持っていた昭和の初期までは、男性は鼻下にヒゲをたくわえ、地震、雷、火事の次に位して女房子供を睥睨《へいげい》している観があった。愚妻という言葉は、もっぱらそのロヒゲ時代に愛用された言葉である。そのころは家長権の絶対性というものがあって、その絶対性を与えられていることがいい意味でも悪い意味でも男性をハリ切らせていた。ロヒゲ、愚妻呼ばわりはそのハリ切りのひとつの現われである。男は懸命に肩肘《かたひじ》いからせて自分を偉くしようとしていた。偉く見せかけようとしていると同時に、彼自身偉くなろう、偉くならねばならぬと思っていた。家族の者の生活、生命はあくまで守らねばならぬという、戸主としての義務、責任感をその肩に背負っていたからである。

しかし、今や男性はロヒゲをたくわえる必要はなくなってしまった。

ロヒゲは権力の象徴だというが、その権力を男性は喜んで(か、いたし方なくか、を見きわめるのはむずかしいことであるが)放棄しつつあるからだ。おやじは地震、雷、火事の序列から脱落し女房という名称がそれに取ってかわろうとしている。一家のあるじは必ずしも妻子をその肩にになわなければならぬということもなくなりつつある。おやじのかせぎが悪ければ、女房は発奮してかせぐし、子供は子供でアルバイトなどをしてせっせと金をため、いつのまにやら親に貸すほどの金持ちになっていたりする。

そしておやじはそんな自分にふと、ある複雑な詠嘆を抱いたりはするが、何ごとも社会のなりゆき、敗戦のおかげ、政治の貧困のせいにしてしまえばすんでいく当節のことであるから、特別にそんな自分をどうこうしたい、せねばならぬ、という決意も生まれない。

そんなおやじがヒゲをはやしたとしても、いっこうにはじまらないことを、だれよりもおやじ自身は知っているのであろう。

あるいはご本人たちにしてみれば、その方がどんなにか気楽でいいのかもしれないのである。


愚妻呼ばわりに抵抗を感じるという進歩的女性方よ！　そんなふうに考えてくれば、むしろ問題にすべきことは、愚妻呼ばわりを全くしなくなってしまったときの男性のことではないでしょうか。あなたが愚妻呼ばわりに抗議を申し込んだからといって唯々諾々《いいだくだく》とそれに従うときの男性の姿は、ねずみを見ても寝たふりをしている猫のようなものではありませんか？

愚妻、荊妻《けいさい》、大いに結構。

そういう呼び方を口にするご亭主、自然にそれを聞いている妻という夫婦関係も、またよきかな、と私は思う。現代にだって、口ヒゲがまことに自然な感じで似合う人がいるように、何ごとも自然に行なわれるということはいいものだ。

たとえばダーリンという呼び方がある。私はあるとき、ある女優さんがテレビで、自分の旦那さんのことを、ダーリンと呼んでいるのを聞いて、一種、歴史的な感慨とでもいうものに打たれた。「ダーリン」が悪いというのではないが、そのとき私はかたわらの夫をつくづくと見て、なるほど、世の中には「ダーリン」と呼ばれるのにふさわしい顔というものがあって、やたらとダーリンを使うのはむずかしいことだ、ということを痛感した。もっともこれは呼ばれる側のことばかりでなく、呼ぶ方の側にも資格のようなものが必要なことはいうまでもない。その点「愚妻」の方がまだしも一般性があるといったら、進歩的女性諸夫人にしかられるであろうか？

結局のところ、夫婦間の呼び名なんて、はっきりいってしまえばどうだっていいことだ。正直のところ私はそう思っている。空《から》イバリやいなしたポーズから出る愚妻呼ばわり、あるいはまたあまったれやアチャラ気取りやごきげんとりから出る「マイダーリン」ではなく、ひとりの男性として、一家のあるじとしての理想と責任を両肩にになった、見上げるような姿から出る呼び名なら、愚妻であろうとダーリンであろうとオイコラであろうと、何だっていいのである。

ネコがネズミを追うとき

いかなる世でも、いかなる地でも、東西古今を問わず、人の妻たる者の心を悩まして来た事柄に夫の浮気がある。浜の真砂《まさご》は尽きるとも世に盗人のタネは尽きぬように、夫の浮気は尽きぬものである。

かねてから、私は何が厄介といってこの夫の浮気に対処する方法を答えさせられるほど厄介なことはないと思っている。人間はそれぞれの生い立ちがあり、環境があり、教養があり、性格がある。ヤキモチをやかずにはいられない妻あり、どうしてもヤキモチを表面に出すことの出来ぬ妻あり、ヤキモチをやかれるとおそれおののいて行ないをつつしむ夫あり、やかれればやかれるほど妻から離れて行く夫あり、ヤキモチをやかれないと、ますますいい気になって妻をナメる夫あり。それを一概にやくべし、やかざるべし、などと答えることは出来ないのである。

たとえば夫の浮気に対してヤキモチをやくことが出来ぬ誇り高い妻と、やかれないとますますいい気になる夫との組み合せでは、厄介なことになって行くし、やく女房とヤキモチこわい夫との組み合せでは、まあまあ、波乱はありながらも何とか保《も》って行く。夫婦というものは、長い共同生活のうちに自然にのみこみ合ったものがあって、それによってバランスをとるテクニックを身につけて行くものであるから、夫婦問題に関しては本当は他人のアドバイスなど無用なものである。

だが一つだけ私が明瞭にしておきたいことは、人間の本性の中には(男女を問わず)浮気への欲望があり、それを否定することは出来ないということである。私たち女はまず、そのことをハッキリと認識して、浮気を大問題と考えないように訓練することが必要なのではないかと思う。

男が浮気をするのは、ただチャンスがあったかないかの問題だけであって、妻への愛情とはまったく無関係のところで行なわれるということである。ネコがネズミを追いかけるのは、飼い主のくれる食いものに不服があるわけではない。ネズミがそこにいるから追うだけのことなのだ。ネズミのきりょうや気だてに惹《ひ》かれたわけでもない。

そうだ、妻たるものは夫の浮気の相手をネズミと心得ればよろしい。ネズミに逃げられたネコ、うまく捕えて食べてしまったネコ、あるいは窮鼠《きゅうそ》に嚙《か》まれたネコ、いろいろあってもやがては飼い主のもとに帰ってくる。飼い主たるものはそれくらいの自負自信をもって悠然と構えているのがよい。

よく夫の浮気防止法として、髪にクリップをまきつけ、栄養クリームのテカテカ顔でアクビまじりに夫の帰宅を出迎えるな、などとしたり顔していう男がいるが、たとえどんなに身だしなみをよくし、心から仕えたとしても、男は浮気するときはする。それを防止しようなどと思うときから女の不幸ははじまるのである。

苦労夫人のまわりの苦労

女は苦労話が好きである。読んだり見たりするのも好きだが、聞いたり話したりするのも好きだ。特に自分がいかに苦労して来たかという話になると、熱中してわれを忘れ、中にはわれとわが身の悲劇に胸が迫り泣き出す人もいれば、聞く方にもまた感きわまってもらい泣きする人がいる。そのさまは、あたかも男が酒に酔い痴《し》れるときのようで、熱弁をふるっているうちに、同居の姑《しゅうとめ》が夜叉《やしゃ》のような女になったり、貧乏時代に部屋を借りていた大家さんが情も涙もない、がりがりオニ大家になったり、自分の不注意でした流産が、夫の暴君ぶりを強調するための流産になったりする。ホントは泣きの涙で暮らしたのは姑の方かもしれず、オニ大家は二年も家賃をためられて青息吐息だったのかもしれないのだが。だが熱弁ふるう悲劇の女性は、

「実際に、女ってヨワいわねえ」

「ホントにバカバカしいわねえ」

と嘆き合い、同情し合い、思う存分欲求不満を発散させたところで心気爽快《しんきそうかい》となって全身にエネルギーが満ちわたる、という次第。

二十代を戦中戦後の苦難の中に過ごして来た年代の女性には、何かにつけてあの時代を思い出しては現代と比較して、自分の苦労話を押しつける傾きがある。

「あたしたちの若いころは……」

とはじめるのは年よりになった証拠で、前途を思うよりも過去をふり返ることが多くなっては人間ももうおしまいだという人もいるが、それも承知でしゃべり立てずにはいられないのは、あのころの苦しさにくらべて現代という時代があまりに平

和で贅沢《ぜいたく》で自由だからなのであろう。

「ふーん、そうなの」

「へーえ、ふーん」

とはじめはおとなしく聞いている若者たちも、そのうち、

「またはじまった、おかあさんの戦争中は、が……」

と閉口して逃げる。それというのもその話が炉端《ろばた》のおばあさんの昔語りというようなのびやかなものではなく、

「それなのにあんたたちときたら、なってないわよ」

という結論があって、あのころはジャガイモひとつでも拝んで食べたのだからと、ジャガイモを残した子供を叱《しか》り、もったいないもったいないと皿の残りものをムリして食べて、気分が悪くなり、

「あんたたちが残すからこんなことになったのよ」

とまたしても腹を立てる。

苦労というものは自分ひとりでしているものではない。妻が苦労しているときは、夫も、子供もそれぞれ苦労しているものなのだ。自分ひとりだけ苦労をしていると思い込んでいる主婦の家庭では、もしかしたら夫や子供の方がよほど苦労している

のかもしれないのである。

魔のとき

中年の主婦が、女学校時代の同窓生数人で旅行することになった。結婚以来、育児や家事に追われて旅行はおろか、新聞ひとつゆっくり読む時間を持てなかった婦人たちである。年に一度のクラス会でも、夫が留守の時間を気にしながらのことであったから、女ばかりで旅行できることになって子供のように興奮した。

旅行は一泊二日の京都の旅である。幹事が新幹線の切符をまとめて買ったが、一人一人に届けるのも面倒なので、当日、発車の三十分前に東京駅で待ち合わせて切符を受け取ることになり、お互いに電話でその場所を連絡し合った。

「いいこと？　わかったわね。改札口は幾つもあるらしいから間違えないでね。改札口を通らないのよ、外よ、外よ」

とお互いに電話をし合ってくどくどと念を押す。そのさわぎに呆《あき》れて、夫なる人がいった。

「そんな面倒なことをしないで、新幹線のプラットホームで待ち合わせるのが一番いいじゃないか」

するとお奥さんは憤然として旦那さんに向かっていった。

「だってそれじゃあ、みんな、入場券を買わなくちゃならないじゃないの……」

ああ、これこそ女心、涙ぐましき主婦心でなくて何であろう。入場券二十円の節約のために彼女たちは電話で声を嗄《か》らすのである。


妻は夫を浪費家だと攻撃し、夫は妻をケチだとこぼす。わが国の夫婦の歴史には、常に変らぬ夫と妻のそうした争いが連綿とつづいてきた。家で飲めば安く飲める酒を表で高い金を出して飲む不合理さ、三十円のバス代で目的地の前まで行けるものを、タクシーに乗りたがる男のモノグサ、何のハラの足しにもならぬコーヒーを飲むくらいならラーメンを食べよ、という妻の現実主義……夫と妻は何かにつけてケチだ、ムダだをいい合い、女が生活力を持つようになった今もなお、決して行き会うことのない平行線を走っているのである。

雨ニモマケズ

風ニモマケズ
雪ニモ夏ノ暑サニモマケヌ
ジョウブナカラダヲモチ
東ニ十五円ノ豆腐屋アレバ
買イニ走リ
西ニ安売リノ即席ラーメンアレバ
行ッテソノ束ヲ買イ
今日ハ十円トクシタトニッコリシ
昨日ハ五円ソンシタトナミダヲナガス……

日本の主婦の明け暮れはだいたい、こうした奮闘に貫かれているがそれが突如、衝動的に爆発するときがある。口のうまいセールスマンが、シワとりクリームなどを売りに来たときで、きのう十円きょう二十円の涙ぐましい節約が、あっという間に三千円のクリームとなって消えうせる〝魔の時間〟である。かくて〝魔のとき〟が過ぎると何となしに心が鬱《うつ》してき、その結果、夕飯のスキヤキがコロッケに変更になったりする。かくて最大の被害者は子供と亭主ということになるのである。

めでたし、めでたし

男が台所に立つことの是非を問われた。男が台所仕事をするのがいいか、悪いか。正直いってしたい男はするがいいし、したくない男はしなければいい、それだけのことだと私は思う。

ただ私などは明治生まれの父に育てられた大正女であるから、男が流しに立って皿を洗ったりしている後ろ姿を見ると、奥の間には女房が氷嚢《ひょうのう》を頭に乗せて床についており、そのそばでおしめ引きずった赤ン坊が泣きわめいて這《は》っているというような、惨めな光景が目に浮かぶ。そういう火急の時でなければ男は台所に立たぬという時代に育ったからである。

昔の男はいかめしい顔をして口ヒゲなど生やしていたから、その顔は台所で皿を洗うのには似合わなかったのである。しかし時代の移り変りと共に男の顔も変った。

今ではいかめしさのある顔などなくなってしまった。電車の中などで見渡すと、小さなサロンエプロンをかけて口笛吹きながら皿を洗うのに似合う顔が随分たくさんいることに今更のように感心させられるのである。

しかし男が台所に立つということにも、いろいろの場合がある。妻が病床に臥《ふ》し、泣く子を背に米をとぐ場合もあれば、妻の機嫌をとるために魚を焼く場合もある。また、妻の作る料理が気に入らないので自分で作る場合とか、妻を敬愛するあまり(あるいは妻に養ってもらっているので)台所を手伝わずにはいられなくて、いそいそと漬物を切るとか、千差万別である。

中には日曜日など、気軽に台所に立って、何やら怪しげな料理を作って家族に食べさせる旦那さんがいる。見端《みば》は悪いが味はうまい。女と違って材料や調味料を倹約したりしないし、つき合いなどでうまいものを食べ馴れているから、見よう見真似で案外、珍しいものを作ったりするから、家族は必ずしも迷惑がってはいないのだが、こういう人に限って後片づけをしないので、奥さんは台風一過というような台所を眺めて吐息をつかねばならぬのである。

しかし、男がこういう形で家族のために料理の腕をふるっている図は、単調なくり返しの家庭の日常に、何となく活気をもたらすものとして悪くないと私は思う。つまり、男が台所に立つ時は、ゆとりというものがそこいらに漂っていてほしいと思うのだ。そのゆとりはまた、家庭全体のゆとりにもなるのである。

昔の男は男子たる者は厨房《ちゆうぼう》に入るべからず、と肩肘《かたひじ》張って頑張っていた。目の前に土瓶《どびん》があって火鉢に湯がわいているのに、

「お茶ッ」

と叫んだ。そんなふうに威張っていたのは常に〝男子たるもの・主《あるじ》たるもの〟の誇りを掲げていたからであろう。その誇りその面目のゆえにかつての男たちは家庭の中の孤独な王様であった。いかなる苦労があろうとも顔に出さず、女房子供に相談したりはせず、一人で敵と戦って家族を守らなければならなかったのだ。

男子たる者は厨房に入るべからずという気風は、そういう王者の孤独と一本の線でつながっている。

「お茶ッ」

と叫び、

「めしッ」

と叫んだ代わりに、一家の幸福を黙って守り築かねばならなかった。子供を大学へ通わせたり結婚させたりするのは父親の力ひとつでやらねばならず、今のように子供にアルバイトをさせて小遣いを稼がせたり、結婚資金を貯金させたりすること

は出来なかった。一家の主としての面目がそれを許さなかったのである。

戦後、女は強くなり自由を得て、女の生活はらくになった。それと同時に男の方も自由にらくになったと私は思う。男が台所へ出入りして、料理を作ったり皿を洗ったりするようになることは、これはよく考えてみると女がラクをすることではなく、男もまたラクな人生を歩くということになるのではないだろうか。

男はもう「一家の主」の名のもとにしゃちこばっている必要はなくなったのだ。料理をしたければ料理をすればよい。女房の機嫌をとるために皿を洗いたければ洗えばよい。その代わり自分ひとりの力で踏んばって家族を守らなくてもよくなった。泣きごとをいってもかまわぬし、女房の働きで助けてもらっても男の誇りが傷つくということはなくなった。

男はもはや孤独な王様ではない。皿を洗って女子供の仲間入りをし、平和でのびやかな人生を歩いて行くのであろう。めでたしめでたし。

第三章　愛子の小さな冒険

文藝春秋刊
昭和四十六（一九七一）年
著者四十八歳

◆キーワードで見る当時の世相◆

昭和44年　日本のテレビ受信台数世界一に

CMコピー「大きいことはいいことだ」が流行したように、経済が膨張するに伴い人々の欲望も拡大していった。テレビ受信台数1300万台、世界第一位。自動車保有台数1650万台でアメリカに次ぎ世界第二位。この年、「戦いすんで日が暮れて」が第61回直木賞を受賞。

昭和45年　日本初のハイジャック事件

女性解放運動、ウーマン・リブ運動が現れる。性別による差別の撤廃、雇用の機会均等など主張。東京・渋谷で初の大会。この運動は中ピ連（「中絶禁止法に反対しピル解禁を要求する女性解放連合」の略称）、日本女性党へと展開された。女性が新しい生き方を目指した。

昭和46年　環境庁発足

マクドナルド、カップヌードルなどが食文化に変革をもたらす。
若者はラジオの深夜放送に夢中。
ゴミ問題、交通問題が深刻化。

こんばんは、ノゾキます

「いよいよシーズンが来たようですな」

M編集者から電話がかかって来て、開口一番彼はそういった。

「そろそろ出てくる頃じゃないですか」

電話の向うでニタリとした感じである。まるで家ダニか白蟻《しろあり》の話でもしているようだがそうではない。実はM青年、この連載ルポルタージュが始まった厳寒の頃より毎月のようにシーズン来《きた》れば、シーズン来ればと口走っていた。シーズン来れば日比谷公園、神宮外苑などにアベックが出てくる。そのアベックの熱烈なる生態を探訪しようというのだ。彼は三月の声を聞きし頃より、折にふれ、

「もうそろそろじゃないですかな」

とハヤりにハヤるのを、

「まンだ、まだ、まだ」

と押し止めていた私ではあるが、寒い春がつづき、雨がつづき、また寒さがぶり返した翌日の、俄《にわ》かに夏が来たような快晴の日、ついに押え切れずにミコシを上げた。

聞くところによると、アベックのメッカ日比谷公園は盛りのシーズンは一夜に二千組のアベック押し寄せ、喋々喃々《ちようちようなんなん》、その温気《うんき》は五万坪の公園にたちのぼり、ひとり者、あるいは女同士、男同士の友達づれなどは何か半端もんにでもなったような気がして顔が上げられぬという。ところがその温気の中をひとりぽっちでおめず臆《おく》せずウロウロチョロチョロさまよう者、これまた一夜に五、六十人はいると聞いた。

いったいそれは何者かというと、アベックの生態をつぶさに観察して淫靡《いんび》なる悦楽にふける者たちであるという。中には愉しみ変じて実利に走る者もいるとかで、丸の内署の窃盗犯罪の半数以上が日比谷公園のハンドバッグ置き引きであるという。即ちアベックが愛情の交歓に没入している間に、そろりそろりと近づいて行ってハンドバッグを失敬してくるのだ。男女交歓のさかりにはその位置は自然と移動するものだそうで、はじめはすぐ傍においたはずのハンドバッグがいつの間にやら彼方《かなた》に行っている。そのハンドバッグに向って匍匐《ほふく》前進して失敬してくるということらしい。即ち丸の内署の窃盗犯罪数を減らすには、日比谷公園のアベックに男女交歓時における心構え、即ち治にいて乱を忘れぬ易経《えききょう》の教えなどを教えれば減るであろう。（署長さん、その講習会を開かれてはいかが）

ところで痴漢というものの定義であるが、警視庁防犯課において学んだところによると、痴漢とは婦女切り、婦女汚し（晴着魔）、強制わいせつ、少女わいせつの四つに大別されるという。強制わいせつとは〝無理に女性に接吻《せっぷん》したり、身体にさわったりするもの〟という註釈がついている。当節、公園や墓地を徘徊《はいかい》し、他人の愛の交歓見るのを楽しみとするもの——即ちこれをノゾキと称するが、このノゾキは〝変態〟の総称の中に入るもので、痴漢の部類には入らぬそうだ。従って公園の木蔭《こかげ》でスカート、ズボン、それぞれに脱ぎ捨てて戯れている男女をしげしげとのぞいていたからといって犯罪にはならない。（ただし、節穴から女湯のぞくとか、屋内でナニしておるさまを見物すると犯罪を構成する）それよりも天下の往来でおシリ出している方こそ「公然わいせつ罪」として咎《とが》められることになる。

ここにおいてその種のノゾキは後を絶たず、夕暮になるとあたかも仕事熱心な夜勤の守衛さんのごとくまじめくさって出勤してくる者、シーズン開幕と共に日々増加の一途を辿《たど》っているという。中にはシーズンオフの厳冬、雪の日も風の日も一夜に一度はアベック求めて徘徊せずにはおられぬというノゾキ中毒者もいると聞いたが、ということは即ち雪の日も風の日も凍《い》てつきたる大地に横たわり、裸のおシリに霏々《ひひ》と降りしきる雪を積らせて寒さを感じぬアベックがいるということを意味するのである。

丸の内警察の話では、学生デモに備えて日比谷公園をいかめしき機動隊十重二十重《とえはたえ》と取り囲み、ものものしき緊張漲《みなぎ》っている時でも、公園内はいつもと変らずイチャイチャアベックが群れているという。世間には機動隊を憎む人多けれど、こういう話を聞くと、つい私は同情したくなる。（私が機動隊なら学生デモはほっといて、アベックのおシリに石を投げるネ）

五月十六日は土曜日である。土曜日の上に雨の後の快晴とあれば、きっと沢山出てくるでしょうなあ、と丸の内警察の署長さんは窓から空を見上げていわれた。何となく我が家の風呂場に巣くう白蟻のことでも語っているような気分だ。M青年の提案でその方面のベテラン刑事さんに案内を頼むことになった。しかし眼光鋭き刑事さんと一緒では、ノゾキの一行は警戒して逃げるかもしれない。従って刑事さんの方にも女性を配することによって、二組のアベックとなって行こうという。

「婦人警官でも頼むんですか?」

と私が聞けばM青年、わざとしかつめらしい顔で、

「いや、そんなことはお願い出来ますまい。当方で調達しましょう」

「調達ってどこで?」

「そうですね、知り合いのバーのホステスでも当ってみますかな」

まことM青年とは深慮遠謀の人である。つまり佐藤愛子敬遠策と同時に〝辛《つら》い仕事も工夫《くふう》で楽しく〟という標語を実践しようという、一石二鳥の策謀と睨《にら》んだ。

「いいですよ、じゃあ、そうなさい」

という声は、傷ついた自尊心のために曇っておる。M青年、いそいそと電話をかけたがどうやら断られているらしい。手帳くりひろげて数回ダイヤルを廻し、首をひねっていった。

「皆、都合が悪いんだそうですよ」

ザマァみやがれ。胸中の快哉《かいさい》を咽喉《のど》もとで押え、

「困ったわね、どうしましょう」

仕方ないです、二人で行きましょう、というかと思いきや、

「道で女の子を拾いましょう」

「えっ」

「アルバイトしませんかって、頼むんですよ」

「へえ、そんなことでついてくる子いる？」

「いるでしょう、大丈夫ですよ」（この人、しつこいネ）

昔取った杵《きね》ヅカという顔をしている。そこで仕方なく車を有楽町みゆき座のあたりへ廻す。

「ちょっと待って下さい」

M青年、一声叫んで車を走り出た。気に入った女の子を見つけたらしい。赤いカーディガンと青い服の二人づれの女の子のそばへ行って何やらしきりにいっている。右手で頭ナド掻《か》いたりしている。ものの二分と経たぬうちに女の子はオーケーしたとみえてM青年は元気溌溂《はつらつ》、車に向って走って来た。

「さあ、行きましょう」

丸の内警察へもどって案内の刑事さん二人と一緒になる。ゾロゾロと交差点を渡って日比谷公園へ、何とも得体《えたい》のしれぬ一行六人だ。ふと気がつくと、いつとはなしに私は初老の刑事さんとアベックになっておった。M青年は青服嬢、もう一人のメガネの刑事さんは赤いカーディガン嬢との組合わせである。

「時間が早いのでまだサカリではないですな」
と刑事さんはいうが、いやどうしてなかなかの盛況である。そこの木蔭、便所の壁、茂みの下、いたる所に男と女の影あり。ベンチというベンチも男と女、男と女、男と女。ベンチというものは少なくとも四、五人が腰かけるために長く作ってあるのだろうが、それを二人で占領している。もったいないではないか。日比谷公園のベンチは一つを半分に切れば、それだけベンチ代が安くなるはずだ。管理者はなぜそういうことに気がつかぬか。こういうところに税金の無駄遣いがある、もっと頭を使ってもらわなくては困る、と私は憤慨する。

それにしても、よくもまあこう、同じような顔をして同じような年頃の男と女が集って来たものだ。聞くところによると美容整形の流行のために、銀座を歩くと同じ顔の女が半分以上歩いているという説があるそうだが、ここに並びしベンチの男女がそろって同じように見えるのは、顔の造作や服装のためではなく、それが恋に酔い痴《し》れた顔であるためなのかもしれない。一山五十円の縁日のホオズキみたいにずらりと並んで、大体において便秘がちの表情をしている。恋の顔とは決して楽しげな顔ではなく、腹が張ってる気分悪さに耐えている顔に似ている。

我々はゾロゾロと歩いた。これでもアベックの仲間入りをしているつもりだが、ベンチのホオズキの連中には怪しむように我らを見る者がいる。と、向うの道よりスタスタと歩いてくる一人の男あり。

「あれですよ、ノゾキ」

刑事さんが囁《ささや》いた。

「向うにしゃがんでいるのがいるでしょう、あれもそうです」

ノゾキには散歩がてらのノゾキとプロのノゾキの二種ありという。プロのノゾキと趣味人のノゾキとはどう違うか。ノゾいて楽しむだけでなく、しばしばアベックの交歓に参加するのがプロである。例えば男と女が抱擁して無我の境をさまよいつつあるとき、男の背後に忍びより、その脇より両手を出して女のアチコチをさわるのである。（即ちこれを人形使いスタイルと称する）女は四本の手によって愛撫《あいぶ》されているわけだが、夢中になっているときは怖ろしいもので、それに気がつかんのですなあ、と刑事さんはいった。（しかしホントは気がつかぬフリしてるだけかもしれぬ）

たまに男が我が手が四本あることに気がついて愕然《がくぜん》とし、無我の境ではなくて本当に夢の中ではないかと我が身を抓《つね》ったりしてやっともう一人の参加者に気がつき、格闘となったこともあるというが、それに気づかぬ男も少なくないというから、その情熱に感心するほかはないのである。

　気をつけてあたりを窺《うかが》えば、プロのノゾキとおぼしき風体《ふうてい》の男がそこここにいる。プロともなれば大体ユニホームを持っている。足はゴム草履かズックの靴、服は作業服か（何しろ植え込みかいくぐり、地に這《は》い木によじのぼらねばならぬので）、黒っぽい身軽な服装で中には黒い風呂敷をかぶった忍者スタイルもあるという。人間の顔は月光には光るものだそうである。

　甲斐甲斐《かいがい》しくキリリと軽快な身ごしらえ、そうしてブラブラ歩きではなく、急ぎの用でも抱えた人のようにサッサと大股《おおまた》で歩いているのがプロの特徴である。ブラブラノロノロキョロリキョロリと歩いている私のようなのは、アマチュアで、プロともなればとてもそんな悠長なことはしていられないのであろう。練習場をアチコチするサーカスの監督みたいに、軽々と忙しそうだ。大体において小男が多いのは、大男は目立つという一点において、すでに適性に欠けているのかもしれない。

　池のほとりにしゃがんで、じっと池の面を見ている黒い背中があった。

「あれもそうです」

　と刑事さん。ああ、その後ろ姿に漂う黒い孤独よ。彼は何を見、何の思いにふけっているのか。何も考えず、虚心にただその時の来るのを待つ特攻隊の心境か。

木蔭でタバコの火が二つ三つ明滅する。地下足袋《じかたび》をはき黄色いヘルメットを隠し持った作業服の男三人。タバコ吸いつつ待機の姿勢と見うけた。地下鉄工事をサボって来た工夫《こうふ》であろう。サラリーマンは仕事をサボってコーヒー飲みに行くが、こちらさんは仕事をサボってノゾキに来る。

暗い植え込みの中、石かと思えば凝然と動かぬ人の影。こちらは参禅型と見受けた。それぞれ思い思いに工夫を凝らしたありよう。いっそ頭に敵前偽装の葉ッパつけて、灌木《かんぼく》のふりしてうずくまっているというのはどうだろう。

時間は九時を過ぎた。大噴水は動きをやめた。音楽堂前の数十のベンチはアベックでほぼ満員。そのベンチの背後をスタスタと歩み来り歩み去り、また歩み来るノゾキの男たち。時が経過するに従ってベンチのアベックはいずれも白熱化し、頭と頭、いや頬《ほお》と頬を寄せあい、ものもいわず凝然と固まっている。そのベンチの間を、ノゾキの男らは遠慮もなく往き来し、ある者は接吻ただ中のアベックに近々と顔を寄せてうち眺め、またある者はつり堀の魚を眺めるごとくに、首さしのべてアベックを見渡している。だが、アベックの方はそんなものに気を散らされる様子もなく(ああ、これほどの集中力をお国のために役立てる途《みち》はないものか)ひしと抱き合い、じっと見つめ合い、あたかも絵草紙の幽霊のごとくに後ろから首を伸ばして覗《のぞ》いている男のいることなど、へとも思っておらぬ様子である。

やがて音楽堂前の数百のベンチのアベックたちは一組去り二組去りして、数えるほどしかいなくなった。ベンチから立ち去るアベックたちはどこへ行くのか。木のかげか灌木の下か、いざやいざノゾキの男たちの跳梁《ちょうりょう》の時こそ来た。男たちコウモリのごとくに羽ばたきて（は、ちと大げさなれど）その足どりますます敏捷《びんしょう》に、ますますスタスタとそのへんを歩いてエモノを探す。

私は刑事さんと二人、金アミの塀にもたれて一大野外劇でも見るようにその光景を眺めていた。私のまわりの植え込みのかげには、抱き合った男女が文字通り林立している。そこへどこからかM青年やや興奮気味の表情で、青服嬢と現れた。

「やあ、面白かったなあ、今ね、お手伝いさんを見て来ましたよ」

「お手伝いさん？」

「向うの木の蔭でアベックが立って抱き合っていたんですよ。すると一人のノゾキがね、しゃがんだまま、音もなくスルスルと近づいて行ったと思ったら、女のスカートの下へそっと手を……」

「へえ、それで？」

「気がつかれて失敗しましたがね、いや、しゃがんでスルスルと進んで行ったあの技術はたいしたものです」

「日本舞踊の素養が必要なんですな」

と刑事さん。つまり日本舞踊の後見《こうけん》をする人、あの要領と思えばいい。

「いや、面白かった。また見てこよう」

Mさん興奮して青服嬢と手に手をとってどこかへ行ってしまった。（ホントに見るのやら、何するのやら）私と刑事さん、東京見物に出て来た田吾作《たごさく》夫婦のごとく、再び抱擁とキスの林立の中にとり残されてキョロキョロする。コウモリの群、夜を我がもの顔にますます跳梁し、私の目の前にも、七、八人のコウモリがウロウロし、立ち接吻（とはへんな言葉だが）の男女のまわりを野犬のように廻ってハナをうごめかし、隙《すき》あらば手を出して〃お手伝いさん〃せんものと機会をねらっている。

「そろそろ時間もサカリに来たようですから、向うの植え込みのかげなど見に行きましょうか」

刑事さんに誘われてその場を立ち去ろうとしたとき、歩き出した私のそばへ一人のコウモリ音もなく近づいて来て耳許で囁いた。

「まだまだ……、これから、これから……これからが面白い」

私、愕然とする。コウモリめ、佐藤愛子を己《おの》が仲間と見なしたのだ。刑事さんと仲よく並んで気分出してる顔作っていたにもかかわらず、どれもこれも寄りついて来ぬのは、さては刑事さんの眼光に危険を感じていたためかと思っていたら、何のことはないノゾキ仲間と思われていたのだ。

そこへM青年、ニコニコ顔でやって来た。

「いや、ユカイ、ユカイ」

とひとりで喜んでいる。

「向うに二組のアベックがいましてね、その中間にノゾキが一人、しゃがんでいるんです。それがこっちのアベックを見、向うのアベックを見、またこっち、またあっち、……何のことはないテニスの審判です。アハハ……」

と笑っているが、考えてみると〝ノゾキのノゾキ〟という方だって、相当に滑稽《こっけい》なのである。

日比谷公園のノゾキがプロならば、谷中《やなか》墓地のノゾキは地もとの趣味人によって形成されているといってよいだろう。あすこの旦那《だんな》とか、こちらの息子とかが集って作った同好会のおもむきがあり、どこそこにいいのがいますよ、とか、この墓石とこの墓石の間から覗けば、どのあたりがどう見えるとか、お互いに情報交換し合って友好を深めているのも下町らしい話である。

さる商店の旦那さん、ふとしたはずみでノゾキ愛好家となった。毎日、日暮ともなればゴム草履はきてスタスタと墓地へ出かける。雨の日も風の日も冬も夏も一日も欠かさず、時間が来れば出かけるので近所では、

「また出かけるよ、好きだねェ」

と評判になっている。しかし旦那さんは評判などもう問題ではない。趣味は今や習性となって墓地をひとまわりしないと眠れぬのである。商売は次第におろそかになり、共同経営者は愛想をつかして別れてしまったが、それでもならい性となりたるノゾキはおさまらず、私がこの原稿書いている風吹く今宵も、彼はゴム草履のひそやかな音させて孤独な徘徊をつづけているのであろう。

ところで地元同好会（？）のノゾキさんたちにいわせると、当節は遠く足立《あだち》、埼玉あたりからの出張ノゾキが増えて、ノゾキの仁義を重んじぬやつどもがウロウロするようになったという。

ノゾキの仁義というのは、〝見る〟以外には何もしない、ということである。競馬はレースを楽しむものであって、馬券を買う奴は堕落であるというようなもので、まことの競馬ファンが馬を愛するように、まことのノゾキさんはアベックを愛する。

あるとき、若きアベックの女の方がスカートを脱いでいた。スカートの下のものも脱いでいたかいぬか、そこはご想像に任せるとして、その脱ぎおいたスカートを隠してしまったノゾキがいた。勿論《もちろん》仁義を知らぬヨソ者である。やがてコト終りてスカートはこうとした女は、それがないことに気がついて仰天《ぎょうてん》、血マナコであちこち探したがどうにもならぬ。仕方なく男は上着を脱いで女の腰にまわしたはいいが、そこからどうして帰ればいいのかわからない。

そこへ通りかかったのが地元同好会のノゾキの一人、毛をムシられて赤肌の兎《うさぎ》に声をかけた大国主命《おおくにぬしのみこと》のように、

「もしもし、どうしたのですか」

と親切に声をかけ、事情を聞いていたく同情した。そうして早速タクシーを呼びに走り、男の上着を腰にまといたる女は無事に家へ帰ることが出来たという。いっそ取るならスカートの方ではなく、ズボンの方が面白かったのに、などと思う私のような女は、その道の仁義知らぬ田舎者とそしられるのであろう。谷中墓地ならではの美談である。

「しかし、ここに集っているアベックの若者たちは、これで健全な人たちなんですよ」

帰りがけに刑事さんはいった。

「いや、ホントですよ、ホントに健全な若者たちですよ」

これが三十年前なら一網打尽で留置場に入りきらぬことになったであろうと私がいうと、刑事さん、うたた感慨にたえぬごとく、

「まったく……時代ですなあ」

と一言。

そういう私たちの傍を、四、五人の作業服の男たち、元気よく、サッササッササと大股に公園の入口めざして歩いて行った。もう何年かしたら、刑事さん、

「あの男たちも健全な人たちなんですよ」

というようになり、ノゾキは趣味として成立し、そのうちにノゾキ新聞、今日の予想、などという予想紙が売り出されることになるかもしれない。

お化けなんてこわくない

空には飛行機飛び交い、地には自動車が群れ、山は伐《き》り払われ、海は埋め立てられ、自然は人工に征服されて日本全土が騒々しく明快なこしらえものになりつつある。すべてが明るく直截《ちょくさい》で、影というものがなくなった。

排気ガスが充満して樹木を枯らせ、自動車が突っこんで来て人を殺して行く。もはや泥棒は豆シボリの手拭《てぬぐ》いで頬っかぶりをして、月のない夜をみはからって忍んで来るものではなくなった。堂々と素面《すめん》を出して拳銃《けんじゅう》をふりかざし白昼、銀行を襲う。集団で飛行機を乗っ取って、人に迷惑かけて外国へ行き、歓迎パーティとやらで涼しい顔して飲み食いしている学生がいるかと思えば、これまた集団で浮気をし、相手から金を貰《もら》って、これぞ一石二鳥とばかりに喜んでいる団地夫人もいるという世の中。およそ〝みそかごと〟などというものはなくなり、あらゆるものから影がなくなった。

陰々たる鐘の音、暗い竹藪《たけやぶ》が風に鳴り、その後ろの墓地は日が当らぬままに苔《こけ》むして、卒塔婆《そとば》は倒れて墓石は傾き、口を開いた白張提灯《しらはりぢょうちん》の間に柳の枝が音もなく揺らげば、影か煙か白い裾《すそ》を墓石の蔭に消して、髪ふり乱したる青ざめた女ひとり――夏の夕涼みの縁台でこういう話が効果を持ったのは、そのへんに竹藪があり、柳があり、要するに人間の生活の中に半ば明るさがあり半ば陰があったからにほかならない。陰の部分がなくなった今では、幽霊というと、怖いものではなく、懐かしいものになりつつある。

この頃、戦争前のガラクタが珍重され、元帥《げんすい》の大礼服であるとか、ボンボン時計であるとか、ヒキ臼《うす》であるとかが、バカ高い値段で買われているという。何とか町の川原に幽霊が出るという噂《うわさ》が立ったところ、車連らねて見物人が川原へと押し寄せたという。幽霊もボンボン時計やヒキ臼なみに、うっかり出たら値段をつけられかねない世の中となった。

何が怖いのかと改めて問われても、これこれがこうなるから怖いのだと、ハッキリ答えることの出来ない怖さ。何だかしらないが怖いのようというしかない怖さ。背筋がゾーッとして身体が固くなり、顔を真直ぐ前に向けたまま、目玉を左右に動かすことも出来なくなる怖さ。そんなわけのわからぬ怖さは現代にはもはやなくなった。

交通地獄が怖いの、光化学スモッグが怖いのといったところで、背筋がゾーッとするわけではなく、怖い理由は明確に答えられるのである。本当の怖さというものは、いうにいえないゾクゾクにある。

何ごとも本モノのなくなった今日、手ねりアンコの大福餅を求めて行列する人のように、本モノのゾクゾクがそこにあるかと思って人々は出かけて行くのであろうか？

この夏京王《けいおう》遊園に十一年ぶりで開かれた〃お化け屋敷〃に訪れる人引きもきらず、多摩《たま》動物園の開設などのために入場者は減少の一途を来し、ジリ貧をかこっていた京王遊園は、この数年来の不振を挽回《ばんかい》したということである。

「今どき、作りもののお化け見たって、どうちゅうことはないやろに……」

と私の母はいったが、現代人が、〃どうちゅうこともない〃ところへむやみに行きたがるのは、もしかしたら、現代生活を蔽《おお》っている明快さに飽き飽きしているためかもしれないのである。

お化け屋敷は京王遊園の西南の一隅、プールのそばにある一見、体育館風の建物の中にある。入口を入ればモギリのオジサンの坐っている前に朱塗りの橋がある。橋は〃うらみ橋〃といいその正面に古びたお堂の扉がある。入場券を渡してその橋を渡り、お堂の前を左へ折れると、一寸先も見えぬ細い通路となる。その何やら陰惨なる感じの黒い通路の方に気を取られながら、お堂の前を曲ろうとすると、いきなり扉が開いて白い着物の幽霊がさっと飛び出してくるという仕かけである。

そこでナイーブな人はまず、キャッ（あるいはわッ）と立ちすくみ、ひと驚きしてからおっかなびっくり暗い通路へと入って行く。と、いきなり右の壁から黒い手がニュッと出てくる。あっと息を呑《の》んで二、三歩、手さぐりで闇《やみ》を歩くと足にサラとさわるものがある。壁の下の方の穴から羽バタキで足を撫《な》でるのだ。

ここで充分怖がらせておいて、暗い通路を通過すると、両側を竹で囲ったやや明るい道に出る。浅茅《あさじ》ヶ原《はら》の鬼婆、牡丹燈籠《ぼたんどうろう》などの人形が薄明りの中に立っている。本所《ほんじょ》七不思議足洗《あしあらい》、などという場面があって、天井からどでかい足がニュッと突き出しているのがかえって愛嬌《あいきょう》がある。竹に囲まれた通路を行く間も、何やら怪しげな呻《うめ》き声が、

「うゥ……わァーあ、……いィ……ィ、うゥ……ゥ、えエ……エ、おォ……ォ」

と恨むがごとく、嘆じるがごとく慄《ふる》えつつ響いてくるのである。カチャーン、カチャーン、とときどき大きな物音がする。通りすがりの棺桶《かんおけ》の蓋《ふた》が突如、パッと開くと中に白装束の女の屍体が横たわっている。どんな顔かと仔細《しさい》に見る間もなく、

バターンと蓋は閉まり、向うの井戸の中から、へんてこな人形が飛び出してくる。後で聞くとへんてこな人形と見たはカッパだそうで、これも本所七不思議の場なのである。

また、しばらく行くと、今度は天井からニュッと黒い手が出てくる。と思うとキュルキュルと音がして空中を幽霊が走って来て、さっと退いて行く。その早いこと、顔見る間もない。

「はじめのうちはお化けを壊されましてねえ。お化けの着物をはがされたこともあります」

と案内の人がいったところを見ると、この化けもの人形たちのす早さは、身を守るためのす早さかもしれない。ノソノソしていると、何をされるかわかったものではないのである。ある女子高校生のごときは、ものかげに隠れていて、天井からつき出した黒い手に、エイヤと飛びついて摑《つか》み、天井裏の突き出しアルバイトの学生さんと黒い手を中に引っぱりっこの力くらべとなったそうである。かと思うとお客がお化けに早変り、通路の竹囲いの後ろからニョロニョロと手を出して他のお客を驚かしたりする。この頃の娯楽は〝見る娯楽〟から〝する娯楽〟へと変っているという。これなどもその現れかもしれない。

ところで、私とM青年は、お化け屋敷を一巡した後で、このお化け屋敷の心臓部ともいうべき中央演出部へ入った。演出部というと聞えはいいが、お化け屋敷のカキワリとカキワリの中間にある一坪ばかりの狭っくるしい空間である。明るいところから入って行くと、目が馴《な》れるまでは何が何やらわからない。天井からやたらに縄が下っている。二人の青年がいて（一人は上半身裸）小型扇風機が廻っている。この場所はちょうど、〝うらみ橋〟の正面のお堂の裏に当っており、お堂の下の小さな葭簀《よしず》張りの覗《のぞ》き窓から入場者の姿が見える。

子供連れのお母さん。アベック。五、六人かたまってワイワイいっている男の子の一団。入場券を買ってまず〝うらみ橋〟のとっかかりでこちらを見てひと思案する様が覗き窓の真正面に見える。意を決して橋を渡って来ると待ち構えていたアルバイトのお兄さん、やおら手にした綱をグイと引けば、「ひゃッ！」と立ちすくむ姿が目のあたりにある。お堂から幽霊人形が飛び出したのだ。

ここでびっくり仰天して逃げ帰って行く子供もいれば、動じぬところを披瀝《ひれき》せんと「ふン！」という顔して通り過ぎて行く中学生もいる。かと思うと動じるも動じぬも一向に感じぬおばあさんあり。せっかく一生懸命に綱を引っぱっているのに、気もつかずにニコニコスタスタ行ってしまうとは、ひどい人もいるものだ。こういう人は化けもの屋敷へ来る資格のない人である。

さて、客がお堂の前を左へ曲って例の暗黒の通路へさしかかると、今度は壁に開けてある穴から様子窺《うかが》いつつ、タイミングよろしくニュッと黒い手を突き出す。暗がりに馴れたこちらの目には、通路の様子は手にとるように見えるが、明るい外から急に暗がりに入って来たお客さんには、真暗闇である。黒い手を突き出すと、次なる穴は例の羽バタキだ。羽バタキだけでは変化がないということで、アメリカ式ハタキだという羊の毛のようなモジャモジャハタキも用意してある。時にはアイスノンでヒヤリと足を撫《な》でることもあり、アルバイトのお兄さんの言によれば、

「やっぱり若い女がイチバンだね」

ということであった。

土曜日の午後とて客は次々に入って来る。カキワリ裏の演出部には常時、四人のアルバイトがいるそうだが、今日は休んで二人しかいない。しかもその一人は学生アルバイトではなく、人手不足のために動員された京王電鉄部の社員さんである。この人、さすが正規の社員だけあって職業意識高く、フルに働く。綱を引っぱり穴から黒い手を突き出し、モジャモジャハタキで足を撫で、息つく間もなくマイクで唸《うな》り声を上げる。その上に、

「わァ……ァいィ……ィうゥ……ゥえェ……ェ」

男の声とも老婆の声ともつかぬ陰々滅々たるその声は、電鉄部に勤めさせるには惜しい迫真の演技力がある。

片や裸のお兄さんの方は井戸のカッパと棺桶の蓋と、空飛ぶ幽霊の受け持ちである。覗き窓より様子窺いつつ、人がくればそれぞれの綱を引っぱる。次々に人が入って来るとその忙しいこと、汗みずくになっての奮闘である。

「これはお忙しくてたいへんですなあ、手伝いましょうか」

とM青年、黒い手を突き出す役目を引き受ける。この人はこういうことになると、むやみにハリキル癖がある。彼はこの探訪が決ったときから、これがしたくてソワソワしていたのだ。覗き窓から覗いていて、うらみ橋を渡って来る人を見るや、定位置について身構える。電鉄部さんが綱を引く。

「あっ」

「きゃっ！」

その声が聞えると、待ち構えたるM青年、エイッとばかりに黒い手を突き出す。横から見ていると、実に真剣な面持ちである。ニヤリともしない。次に控えし私は、モジャモジャハタキ握りしめ、穴から様子を窺うと、ちょうど、すり足で歩いてくる脚の膝《ひざ》から下の部分だけが見える。その足のうち、素肌の足を選んでモソモソと撫でるのだが、男の足はたいていズボンで肌を蔽っているから、撫でても撫で甲斐《がい》がない。父親のズボンとよく磨いた黒皮靴が、白い半靴下にズックの靴をはいた細っこい脛《すね》の男の子と並んでやって来た。私、ふと、感動する。ああ、ここに日本の父親とムスコがいる——どんな父親か（あるいはグウタラの女たらしかもしらず、また小心者のわからず屋かもしれないが）とにかくここにあるのは子供を愛している父親の足だ。そうして子供はその父親と一緒にいることで安心し、しっかりと足を踏みしめ、健気《けなげ》にも一歩一歩、父の歩調に合わせて足を踏み出しているではないか——

そう思うとモジャモジャハタキ握りしめたる私の手から力がぬける。街角に待ち伏せしたる刺客の、助け合いつつ来る巡礼姿の親子を見て、殺意鈍りたる心境に似ている。何たることか、私のその感慨も知らず無情なM青年、その親子の前にやっと黒い手突き出せば、子供はひしと父親にしがみつくが声は出さない。父親、泰然と歩調も乱さず、

「大丈夫」

と一言。

「あっぱれ、見ごとなその胆勇《たんゆう》」

と私は親子に声をかけたくなった。

かと思えば情けなや、次に現れたる三十七、八歳の男性、妻か愛人か知らねども、三十五、六歳の女性の腕をひしと摑み、

「帰ろうよォ、こわいよォ」

には驚いた。その連れの女性がまた豪胆そのもの、

「何いってんの、せっかく百円も木戸賃払って……」

私、モジャモジャハタキで懸命にその足撫でたが、平気の平ざで通り過ぎて行ったのは、豪胆なのではなく、鈍感というべきかもしれない。

次に植木等《ひとし》によく似たオッサンがニコニコ顔で現れた。男、女とりまぜ五、六人のチビを連れている。

「さあ、いいかい、マッちゃん、ケイちゃん、キヨシ、サブ……」

オッサン、植木等に声まで似ている。〝うらみ橋〟渡って来たところで、ガタン！　お堂から幽霊飛び出たが、

「やあ、出たねえ、大丈夫、大丈夫、こわくなーい、こわくなーい」

可愛らしい四歳ばかりの女の子二人、声を揃《そろ》えて、

「こわくなーい、こわくなーい」

オッサン「さあ、こっちだよォ、暗いよォ、気をおつけェ……」

女の子「こっちだよォ、暗いよォ」

M青年、エイと黒い手突き出したが、

「こっちだよォ、暗いよォ、気をおつけェ」

の合唱つづきて、一同ぞろぞろと奥へ行ってしまった。こういうのに出会うと、気勢殺《そ》がれてハタキ突き出す手も鈍る。

「ヤ、ヤ、ヤ、いいのが来ましたぞ」

Mさんの声に覗き窓より眺むれば、二十五、六の若者に、十八、九の丸ポチャ美人が、橋を渡って来た。すかさずお堂の幽霊飛び出る。

「キャアーッ」

何とももののすごい声だ。これくらい驚いてくれると、やる方だってハリ切らざるを得ない。M青年、ニュウと黒い手突き出す。

「キャアーッ」

私、待ち構えてモジャモジャハタキで足の甲より膝へ向って撫で上げる。

「キャアーッ、キャアーッ、キァアーッ」

女は三度、絶叫し、

「足をさわったのよぅ、モジャモジャの手が……足をォ……ここんところォ……」

私は穴よりにょっきり首突き出してしげしげと眺めれば女の子、ひしと男の胸に齧《かじ》りつき、男はまた、いい気になって、

「何？　何？　さわった？　何が？」

というのも上の空、しっかと女を抱きしめている。

「ここんとこォ、手がさわったのよォ、モジャモジャのォ……」

手じゃないよ、ハタキ、ハタキ、と危うくいうところだった。

「手が？　さわった？　アハハハ」

男は上機嫌で笑って、女を抱いた手を放さない。私、モソモソと穴から首を引っ込める。まったくよく考えてみると（いや、わざわざ考えなくとも）私は相当のオッチョコチョイだ。文壇広しといえども、汗みず流してこんなことを真面目にやっているのは、遠藤周作か佐藤愛子くらいのものではないか。何のことはない、人を脅かして楽しむつもりが、反対に楽しませる手伝いをしているようなものだ。そう思い、改めて自己嫌悪に陥りし折も折、小学校高学年らしい男の子の、よく響く大きな声が、われわれの潜んでいる穴ぐらに向って放たれた。

「やい、おんどりゃァ（お前ら）なんぼもろとんねん！　出て来いよォ、そこでゴソゴソしとんの、暑いやろォ、アホゥ！」

いや、ごもっとも。しかし当方は、日当なしで奮闘している。思わず当方四人、シンとなれば、場内一巡して来た植木等組の合唱の声が、

「こっちだよォ、暗いよォ、こわくなーい、こわくなーい」

とのびやかに聞えて来る。

「キャアーッ！……キャアーッ」

と遠くより響くは、例のアベックか。いい気になるな、ってんだよ、まったく。化けもの屋敷を何と心得ているか。化けものの方としてはこれでも一生懸命マジメにやってるんだ。怖がるところでは素直に怖がり、びっくりするところでは純真にびっくりしてもらいたいものだ。

私は穴ぐらを出て、今度は天井に上った。天井の上で一人の学生さん、チューインガムを嚙《か》みながら黒い手を突き下ろしている。どうもここの化けもの屋敷は黒い手がやたらと好きらしい。四角い穴にムシロがかぶせてあり、そのムシロの端をそっと上げて下の様子を窺っては、黒い手を突き下ろす。湖の氷の穴から、もりで魚

でも突いている感じである。コカコーラの空瓶《あきびん》三本ほど転がり、「マーガレット」という少女雑誌が二冊、置いてある。

「マーガレット」を読みながらコカコーラ飲みながら、下行く客を脅かしている。

「どう? 面白いですか」

と聞けば、いかにも飽き飽きしたという仏頂面《ぶっちょうづら》で、

「いや、べつに」との答。

「人がびっくりするの見てると愉快でしょう?」

「はあ?……べつに……」

学生さん、倦怠《けんたい》の極みという顔である。

天井を降りて表へ廻った。入場券売り場の前は次々に人が群れている。〝うらみ橋〟の手前で正面を見れば、古びたお堂がぴたりと扉を閉じている。

「早く行きなさいよ、大丈夫だから……さあ、みんな一緒にかたまって……大丈夫、こわくない、こわくない……」

そう子供を激励し、自分は中へ入らずに外で待っているお母さんが少なくない。おとな百円の入場料を倹約したのか、子供の前に母親の権威を落すかもしれぬ危険を避けたのか。

アベックが行く。子供連れの父さんが行く。子供の中にもすれた子がいて、お堂から出て来た幽霊に向ってお辞儀をしているのがいる。こういうのはおとなになると、チョコマカと気は利くが、大出世はしないと睨《にら》んだ。たとえ一時間でもお化けをやった身は、素直にびっくりしない子は憎らしいのである。

入口の右手に木戸があり、場内を一巡した者はそこから出てくる。そこに立って見ていると、出てくる人は皆、一様に笑い顔をしている。お化け屋敷に入って笑って出てくる。

充分怖い思いをした満足感か、思わず怖がったテレかくしか、期待通りの成果をおさめたホクソエミか。（これはアベックの男の場合――いや、女のほうも）

それにしても、どの顔も善良そのものという顔だ。これは庶民の健康な笑い顔だ。ここで人々は、竹藪が生い茂り、季節の匂いのただよう小径があり、空は澄み、花々が咲き乱れ、世の中に光と影があったころの素朴な心に戻る。もしかしたらあの笑い顔は、その素朴さが現代の明るさに照らし出されたときのとまどいの笑いなのかもしれなかった。

第四章　愛子のおんな大学

講談社刊
昭和四十八（一九七三）年
著者五十歳

◆キーワードで見る当時の世相◆

昭和46年　ドル・ショック

アメリカ、金とドルの交換停止を発表、金本位体制が崩壊。それに伴うドル・ショックで東証株価、史上最大の暴落。円高時代に突入。

昭和47年　日本列島改造論

佐藤首相、沖縄返還を実現。
つぎに首相になった田中角栄が「日本列島改造論」を唱え、大手資本の土地投機で地価が急騰して、インフレが進む。その結果、古きよき日本の風景は姿を消す。
終戦を知らずグアム島のジャングルにひそんでいた元日本兵、横井庄一が「恥ずかしながら」と帰国したのもこの年。

昭和48年　第一次石油ショック

第一次石油ショックが発生、トイレットペーパーなどの買いだめ客、スーパーに殺到。新聞・雑誌もページ数を減らす。浪費の時代に警鐘。省エネ、節約という言葉が流行。

後ろ姿を見よう

十年、もっと前のことになるだろうか。新聞が五十歳の女性のことを「五十歳の老婆」と書いているのを見て、老婆とは何ごとかといって怒っていた人がいた。（たしか作家の壺井栄《つぼいさかえ》さんだったと思うが、記憶は定かではない）そのとき、私は今より大分若かったから、なるほど五十歳の女の人の意識というものはそんなものか、と面白く思っただけであった。

ところが今、自分があと二、三年で五十の声を聞くという年になってみると、なるほど老婆という言葉は胸を刺し貫く。実際、老婆という言葉はひどい言葉だ。この言葉には白髪《しらが》頭をひっつめにして、曲った腰でヨタヨタと歩いているおばあさん、お化けのつづらのそばで腰を抜かしている舌切雀のおばあさんのイメージが潜《ひそ》んでいる。

今ではよほど田舎へでも行かない限り、そういうおばあさんはいなくなった。五十歳はおろか、六十歳、七十歳の女性でも老婆という言葉はそぐわない。抜けた歯は入歯で整え、白髪は染め、重労働のために腰が曲っているということもなくなった。八十近くなっても薄化粧の似合う人が大勢いる。昔は五十を過ぎて化粧をすると、

「いい年して皺《しわ》の中に白粉《おしろい》ブチ込んで」

とか、

「粉ふきばばあ」

などといわれて恥じねばならなかったのである。

医学の進歩と生活のゆとりのおかげで、男も女も若さを長く保つことが出来るようになった。これはたしかにめでたいことだ。二十歳の娘の洋服を四十歳の母親が着てもおかしくないということは、第一、経済の上でも結構なことといえるのである。しかし何といっても一番よいことは、若々しく見えるということが、精神に弾力を与えるということだ。おしゃれでない人よりはおしゃれな人の方が弾力性がある。私は前に、中年女特有ののたのた歩きのことを、〝お寺詣《まい》りの足どり〟と書いたが、おしゃれな人の〝お詣り歩き〟というのはあまり見たことがない。

若い頃のおしゃれは、〝美しく見せる〟ことが目的である。しかし中年のおしゃ

れは、人にどう見られるということよりも、心にハリを持たせ自分を励ますことに意味があるように私は思う。私は夫の倒産で無一物になってから、赤い服を着るようになった。それまでの私はどちらかというと地味好みで、黒か茶系統の服ばかり着ていたのだ。それが急に派手になったので、人々は驚いて、

「ボーイフレンドでも出来たのではないか」

などといったが、下衆《げす》の勘ぐりとはまさにこういうことをいう。昔むかし、斎藤別当実盛《さいとうのべっとうさねもり》は源義仲との戦いに七十三歳にして白髪を染め、錦のひたたれを着て出陣したという。まさに私もその実盛の心境で、我と我が身を励まして苦境と戦い、勝つために錦のひたたれを身につけているのである。

ところである時、ある独身の中年婦人が来て笑いながらこういうことをいった。

「昔なら私ぐらいの年の女はもう孫も出来ておばあちゃんと呼ばれ、自然に年よりの世界に入って行けたんでしょうけれど、こうして一人で若い人たちの中に入って仕事をしていると、いったいいつ頃から年よりらしくすればいいのか、その見当がつかないで困ることがあります」

いつまでも若いのは結構だと簡単にいうけれど、本当に女らしい聡明な女性というものはそこまで考えるものなのかもしれない。

実際、上手《じょうず》に年をとるということは考えてみると、大へん難しいことだ。いかに上手に年をとって行くかということで、女の値うちというものはきまるのではないだろうか。それはいかに自分を客観視し、いかに自分を知っているかということにもつながることなのである。

あるところに一人の平凡な女性がいた。容色、才能、境遇、すべてに凡庸《ぼんよう》な女性である。その人が三十歳を過ぎてから、ふと思いたって隆鼻術をした。隆鼻術の次に眼を二重瞼《まぶた》にし、その次に皺《しわ》取り手術をした。そうしてその結果、彼女は〝マネキン人形のような〟美人になったのだ。

彼女は四十八歳なのに三十五歳くらいに見られた。時によっては三十歳前に見られたこともあるという。クラス会などで彼女が現れると他の女性は一瞬、息を呑《の》んで見つめる、とも聞いた。あまりの彼女の変りよう、人形のような美しさ、年齢不明の若さにただただキモをつぶすばかりなのである。しばしキモをつぶしてから、漸《よう》く人々は気を取り直し、それから彼女の美しさと若さの秘密を見抜いてやろうという欲求にかられた。

ある者は彼女は眼と鼻を手術しただけでなく歯を全部抜いて入歯にしている、といい、ある者は彼女の足はもっと大根足であった筈《はず》だ、きっと足の肉も取ったにちがいないといい（そんなことが本当に出来るのか出来ないのか私は知らないが）、ある者はあの皺ひとつない、シミひとつない陶器のような肌は、ファンデーションを少くとも二ミリは重ねたアツ塗りのおかげであるといった。するとまたある人は、私のイトコは彼女の近所に住んでいるが、そのイトコがいうには、表で車を掃除している時の彼女をある朝早く見かけたが、その顔たるや朝日の中では見るもいたましいものすごい顔であったということである、と囁《ささや》いたりする有さま。

こういうことを書くと、だから女は嫉妬《しっと》心が強くていやらしい、というムキもあるかもしれないが、彼女のありかたに、そういう取り沙汰《ざた》をさせる要素があることもまた事実だと私は思う。それはもしかしたら彼女の美しさと若さに不自然なものがあるためではないだろうか。多分、彼女の若さは、〝生きるため〟の若さではなく〝見せるため〟の若さなのだ。中年の年輪から滲《にじ》み出て来た美しさではなく、作為した美しさなのだ。それが見る人の中に微妙な拒絶反応を起させる。その拒絶反応が更に反発心を惹《ひ》き起すのは、その作為の成功に彼女が酔っているためであろう。

若さというものには、たしかに特権がある。ただ若いということで、傲慢《ごうまん》さや見栄っぱりやうぬぼれや愚かさが見逃され、許される。そして、若さの中にはたしかに、その傲慢さやうぬぼれや愚かさを補ってあまりある魅力があるのである。

マネキン人形の彼女が反発を食ったのは、もはやその特権を失っているにもかかわらず、自分は若いと信じているところにある。彼女は「若く見える」だけであって「若く」はないのだ。その点をもし彼女がハッキリ認識していれば、彼女は人々の反発心を惹き起したりはしなかっただろう。若さというものは、〃ハリつけた〃若さであってはならないのである。

それにしても彼女のその若さと美貌はどこまでつづくものだろうか?

私はときどきそのことを考える。その〃ハリつけ細工〃は果してどこまで有効性を持つのか?

皺は取ってもまた出来る。

これは極めて単純明瞭な事実だ。人間が生きつづけるということは、老醜に向って歩みを進めていることだからだ。ある日、彼女は皺を取って若返った。しかし一方、老いに向う足どりは相変らず一歩一歩、確実な歩みをつづけている。ある日、彼女はまた皺を取る必要に迫られる。彼女は取る。しかし老いに向う足どりは、それによって衰えるということはないのだ。

ある日、彼女はついに〃ハリつけ細工〃を断念しなければならないだろう。その日はいつ、どんなふうに彼女の上にやってくるのだろうか？　その時、彼女はハリつけ細工の無意味を知るだろうか？　それとも〝それでもやはり、してよかった〟と思うだろうか？

ある時、私は、驚異的な若さを保っているので有名なある著名な女性をパーティで見かけたことがある。私は噂《うわさ》に聞くその顔の若さと、派手な着物にびっくりした。私より二十歳も年上だというのに、何もかも私より若い。華やかなパーティの中で、彼女の存在は若い女性を圧して輝いているのである。

ところがある一瞬、私は彼女の歩く姿の中に、隠しようもない年齢をありありと見た。おそらくパーティの疲労がその緊張をゆるめてしまったのであろう。派手な着物と若々しい顔とはおよそそぐわない丸まった背中と、一足毎《ごと》にひょこひょこと曲る膝《ひざ》。その一瞬、はなやいだパーティのざわめきと光はかき消えて、私はそこに一人の女の苛酷な現実が、見るも無残な姿を露呈するのを見たのだった。

私たち人間の悲しさは、自分の後ろ姿を見ることが出来ないということだ。どんな整形美容の名手も変えることの出来ない後ろ姿というものを背負って人は生きて行く。どんな言葉もどんな化粧も隠すことの出来ない真実を人間の後ろ姿は語るのである。

かつて医学が今のように進歩せず、生活にゆとりもなく、家族制度のワクの中に息をひそめて女が生きていた頃は、女は自分の〝後ろ姿〟というものを考えなくても、外部の力が自然に女を中年から老年へと運んでくれたものだった。いくら若々しくしていようと思っても、周囲がそれを許さなかったのである。いいかえるならば、周囲が老年へと自然に運んでくれたのである。だが今、私たちは自分一人の力で中年を越えなければならない。

「いい年して、皺の中に白粉ブチ込むのはやめなさい」

などという人間は一人もいなくなったのだ。五十になってオッパイを膨《ふく》らませる整形手術をしたところで誰も非難する者はない。六十歳で三十歳の女が着るような着物を着ても、その度胸のよさに感心しこそすれ、「イロキチガイ！」などと罵《ののし》る人はいなくなった。このふんだんな自由の中で、私は改めて上手に年をとって行くことの難しさを思わずにはいられない。

三十代には三十代の若々しさがあり、四十代には四十代の若々しさがある。五十代が三十代に見えるというような若々しさよりも、五十代なりの若々しさを保っているという人が私は好ましい。年よりも若く見えるということは、それほど価値のある若さではないと私は思う。〝年相応の若々しさ〟というものが、本当の女の魅力だ。ということは、五十歳なりの賢さと心のハリが姿形に現れているということである。ハリつけ細工の若さが必ずしも美しくないのは、それが賢さ（その年代として持っているべき智恵）と均衡が取れていないためではないだろうか。

私たちは朝夕鏡を見る。鏡を見て自分を知ったつもりでいる。だが私たちが本当に見なければならないのは自分の後ろ姿なのである。

虐《いじ》めッ子歓迎

私の娘は小学校の六年生だが、気が弱くて少しのことにムネがドキドキし、よくいえば感受性が繊細だということになるのだが、始終傷つくことを怖がっている弱虫である。

その娘のクラスにAさんというこれはまたものすごい強烈な個性の女の子がいる。娘はそのAさんの家来なのだが、何かというと二言目には頭を小突かれ、「何モタモタしてんのよう」とそのノロマを罵られ、Aさんのご機嫌によってその日その日を一喜一憂して暮しているという有さまなのである。

娘は学校から帰って来ると、ときどき呆然《ぼうぜん》としていることがある。

「ああ、この世に学校というものがなかったら、どんなにいいだろう……」

と呟《つぶや》いたりしている。そんなときは彼女は必ず何かAさんと悶着《もんちゃく》のあったときなのだ。

毎朝、Aさんは学校へ行く前に娘を誘いに来る。門の外から声をはり上げて名を呼ぶのだが、それに対して娘は「ハーイ」と答えて支度をし、表へ出て行く。ところがある日、娘はAさんを怒らせてしまった。「ハーイ」と答えるその声がAさんには聞えなかったのだ。

「いったい返事したの？　聞えなかったわよ！」

Aさんはそういい捨てて、足早にどんどん行ってしまったのである。

その日以来、娘はいつもより十五分も早く起き、早く支度を終えてAさんの来るのを待つようになった。一年から六年のその日まで、私はどんなに口をすっぱくして、朝の支度をさっさとしないことを叱《しか》ったかしれない。しかし私の叱責《しっせき》は六年間何の役にも立たず、今、Aさんの一言によって娘はふるい立ったのである。

私はそのAさんの偉大な力に感心すると同時に、〝百の説法よりも一つの苦労〟

などという自己流格言を作ったのであった。しかし娘はAさんに負けまいとして自己改革をするのではなく、Aさんに叱られないためにしているところが私には哀れでもあった。

Aさんは同級生の男の子を好きになった。そしてラブレターを書いて渡した。その内容は、「二人で仲よく愛し合って、可愛い子供を作りましょう」というものである。Aさんはその手紙を男の子に渡したあと、その男の子に電話をかけていった。

「わたしのこと好き?」

すると男の子はいった。

「まあ……ね」

その返事にAさんは満足してベッドに転がってうっとりし、そばから話しかけた私の娘にいった。

「シーッ、静かにしてよ。今、わたし、せつない気持を味わっているんだから……」

……それでそのままAさんは眠っちゃったの、と娘はいった。

「いやに静かだと思ったら、グウグウ眠ってるの」

私は腹を抱えて笑った。私があんまり笑うものだから娘はいった。

「なにがそんなにおかしいのよう、ママ！」

娘は自分が辛《つら》い悲しい気持で一生懸命に我慢しているにもかかわらず、その話をすると母親が喜んで笑いこけるので不満である。ある日、娘はいつも同じ洋服を着ているというのでAさんに叱られたといって帰って来た。

「あんた！　またそれを着てるの！　たまには別のを着なさいよ！」

しかしAさんはなにも私の娘を叱ったわけではないのだ。正確にいうならば、〝叱った〟というのは娘がそう感じたということであって、客観的事実ではない。Aさんはただ、もののいい方が激しい女の子なのだ。もののいい方が激しいということは、頭の回転の早さを意味している。おそらくAさんは私の娘がすべてにノロノロして意気地のないことに始終苛立《いらだ》っているのであろう。

私の家の家政婦は娘のためにAさんを憎んだ。

「あんな我儘《わがまま》な子とはつき合うのをやめなさい。何さ、人バカにして。自分を何サマと思ってるのよ！」

と始終いっている。

「でも、そばにいないと虐《いじ》められるんだもん」

と娘。

「どうやって虐めるんですか」

「つき飛ばしたりすることもあるし、いろいろいわれるし……」

「よし、じゃあ今度そんなことしたら、おばさんが行ってやっつけてやる！」

「おばさんは強いからいいねえ。わたしも強くなりたいわ」

とつくづく娘はいった。

私の娘は将来、作家になることを夢みている。それで私はいった。

「Aさんが怒ったときとか、意地悪したとき、どんな顔になる？」

「どんな顔って……とにかくものすごい顔よ。男の子だって逃げるんだから」

「ただ、ものすごい顔、だけじゃダメだ」

私はいった。

「響子《きょうこ》は将来、作家になるんだったら、その時のAさんの顔をよく見ておかなくちゃダメだ。Aさんが怒り出す前、怒ってる最中、それから怒りが引いて行くとき……その三つをこれからよく見ておくのよ。特に怒ったあと、Aさんがどんな顔をしているか、それが大切なのよ。怒ったあとというのは、たいてい人間はひとりぼっちの寂しい気持になるものでしょう？　その顔をよく見ておくのよ」

「そんなの見たってしようがないよ」

「響子は作家になるんだろう? 作家になったときに、今、見ておいたものが役に立つんです! 今、Aさんに虐められたことが役に立つんだ!」

突如、私は演説調になった。私が演説調になるときは、私の言葉を子供の胸にしみ込ませておきたいと願うときである。

「響子がおとなになったとき、クラスの友達の誰よりも心に残るのはAさんなのである。BさんでもCさんでもDさんでもない、Aさんなのである。響子先生、小学校時代の思い出を書いて下さい。響子先生、忘れられぬ友という題で書いて下さいと頼まれたとき、Aさんはこの上ないよき素材となるであろう。そのときのために今、Aさんをよく見ておく。Aさんは原稿料のモトであるぞ。Aさんによって少くとも、二、三十万円の原稿料は取れるんだ!」

すぐに脱線するのが私の悪い癖なのであるが、それによって娘は漸く元気が出たのだった。

もしここに脚が一本短くなった椅子があるとしたら、その脚を直すことを考えないで、カタカタするその椅子の上にいかに坐《すわ》り心地よく坐るかを考える——それが私の主義である。

今、ここに私がなぜAさんと娘とのことを長々と書いたかというと、この頃のお母さんは子供に何か問題があると、すぐに学校の先生のところへ駆けつけてその問題の解決を迫るという話を聞いたからである。例えば虐めッ子がいると子供が家で訴える。するとお母さんは先生のところへ走って行って、

「何とかして下さい」と頼むのである。

しかしもし小学校に「虐めッ子」というものがいなかったら、皆、よい子でフンワカムードの小学校生活というものはつまらないものになっているかもしれない。私はそう思う。虐めッ子に虐められて、泣いたり口惜しがったり怖れたり機嫌をとったりする生活の中で、養われ血肉となるものがあるのだ。必ずある。私はそれを確信する。それをあらしめるのが真の教育というものなのではないか。

私がこんなことをいうと、必ずある一つの反駁《はんばく》が世のお母さんの中から出て来ると思う。

——虐めッ子は排除しなければ、子供は萎縮《いしゅく》してしまいます。子供にノビノビと明るい日常を与えてやるのが母親の務めではないでしょうか。……

欲求不満、劣等感、萎縮、反発……今のお母さんたちは賢くなって、やたらにそういう言葉を使うのが好きである。そういう言葉を使って子供を理解するのが教育だと思っているふしがある。子供の通信簿に1がついていると、子供の劣等感を養

うので、本当は1なのだが2にしておきました、と私は娘の先生からいわれたことがある。しかし、通信簿に1がついているからといって、劣等感を養われるような子供なんて、この世の荒波を乗り越えて生きて行く資格がないのではありませんか、と私はいった。1なら1と堂々とつけてもらいたい。だいたい私の娘の通信簿は2と3ばっかりだが、2と3くらいなら私はかまわないと考えているので、特に勉強をやかましくいったこともない。しかし1がついていたならば、少しは考慮せねばならぬと思うから、そのへんは正直につけてもらわないと、子供が低能であるかもしれないのに私はほっとくことになるではないか。それは困る、と私はいい、そうしてまわりのお母さんたちの失笑を買ったのである。

通信簿に1がついていたら、その点数に示されたもの以外の分野で、子供に伸びる世界のあることを教えてやるのが家庭教育というものではないのだろうか。だいたい、点数で人間の能力を評価することにどれほどの意味があるのか。通信簿というものは、子供の勉学生活の一部を語るものにすぎない。決して子供の能力すべてを表現しているわけではない。そのことを知りながらやはり点数に一喜一憂する母親の心というものは、あまりに貧しいといえはしないだろうか。現に私は、小学校時代は全5の秀才でエリートコースを進む男性の中に、いかにも心の生活が貧しく、人生に対して臆病で、ことなかれ主義、外形主義のつまらぬ人間がいることを知っている。点数は人生とは全くかかわりのないことなのだ。それにもかかわらず点数が人生をきめると考えている人たちが少くないのである。

ここまで書いて私はまた考えた。おそらくこのくだりで、又しても読者の中から次のような反駁が出るのではないだろうかと。

「点数と人生はかかわりがないなどということは絶対にありません。今の世の中は点数がすべてをきめるのです。いい学校へ入ることもいい会社に入ることも、そこではみんな点数がモノをいうのです。子供の将来を思うと、だから、今のうちにいい点数を取らせておいてやるのが母の務めだと思うのです」

いい学校、いい会社、いい暮し、いい家庭——しかし、果してそれが〃いい人生〃であろうか。いい人生というのは、意味のある人生、生き甲斐のある人生、という意味である。私はそういう意味でのいい人生を子供に与えてやりたい。だから私は点数など2でもかまわぬといっている。貧乏はちっとも恥かしいことではないといっている。金持の中にも恥かしい人間はいっぱいいるといっている。虐めッ子がいたら逃げないでよく観察しろといっている。虐めッ子にも淋しいときがあることを見とどけろといっている。私が娘に与えてやりたいものは、ゆとりをもってものを見る目と、そうして障害や不幸から滋養を吸い取って行く勇気である。

私の行き先どこですか

身の上相談全盛時代だという。

新聞、雑誌、ラジオ、テレビ、およそ人の耳目の集るところ、必ず身の上相談が行なわれているといってもいいくらいの流行ぶりである。

そういう公共の場での身の上相談以外に、易や手相を見てもらう人、またそれ以外に友達の誰彼、お隣の奥さん、裏の奥さん、PTAのお仲間などに相談をもちかける人、更にまた見ず知らずの私のような者のところへいきなり電話をかけて来て相談をする人、大袈裟《おおげさ》なようだがまさに一億相談狂時代が来たといっても過言ではないのではないだろうか。

ところで丁度、昨夜、珍しく私はテレビの名画劇場という番組でアメリカ映画を見た。その映画の女主人公は夫に愛人が出来たことを苦にして怪しげな老婆のとこ

ろへ相談に行く。その老婆はいうならばセックス教の生神《いきがみ》さまとでもいうところであろうか。ベッドの上でのたうち廻りながら、

「愛の行為は一つの宗教なのだ。あなたの夫は神で、あなたはその神を司《つかさど》る司祭なのだ」

などとわめき、愛の行為における声のあげ方——例えば、ク、クル、クル、クル、鳩型とか、ホ、ホウ、ホウ、ふくろう型とか、むくどり型、キジ型などと並べた末、その次に狼型、横にテンテンの並んだ点々型など愛咬《あいこう》の種々相を教えるのである。

それを見ていて私は思わず笑ってしまった。その場面は現代の身の上相談者と回答者との痛烈なる戯画ではないだろうか。愛の行為において、ク、ク、クル、クルと、ホウ、ホウ、ホ、ホウとを適宜に交えることによって夫を司ることが出来るのだと教えられた女が、もし本当に寝室で、

「ク、クル、クル、クル、ホウ、ホウ、グルル……」

とやったとしたらどうだろう。私が彼女の夫だとしたら、愛人がいてもいなくても一目散に逃げ出すであろう。

要するに〝身の上相談とその回答〟とはそういうことなのである。回答者には相

談者の苦痛はわかりはしない。

「私もそれと同じ経験をしています。だからあなたの気持はよくわかる」

という人がいたとしても、それは決して「同一の経験」とはいえないのである。

同じ映画の中にこういう台詞《せりふ》があった。

「気分の悪い時は鏡に向って背中を見るのよ。見ているうちに楽しくなるわ」

夫の不品行に悩んでいる妻への助言の台詞である。しかし世の中には鏡に向って背中を見ているうちに楽しくなる人もいるし、また我が背中を見て、ああ、何たる不ザマな背中であろうか、夫の愛人の背中はこんな白クマのような背中ではないだろう、と悲観的な想念がむらがって、余計に銷沈《しょうちん》する人もいるだろう。

「辛い気持はわかりますが、この際、耐え難きを耐えて、子供さんのために頑張って下さい」

と人は簡単にいうが、耐え難きを耐えて頑張れるくらいなら、アタフタと相談に走ったりはしないのである。そこでその回答に不満を持った彼女は、別の回答を求めて次へ走る。

「そんな亭主、別れてしまいなさいよ。すぐに出ていらっしゃい。私の家へいらっしゃい。遠慮はいらないわ。今日からでも早速いらっしゃい」

とハッパをかけられると、そんなことといってもそう簡単には別れられないのよ、別れた後の生活はどうなるの、と今更のように相手に質問する有さま。そこで、

「自分の力で生活する自信がないのなら別れるのはやめて辛抱しなさいよ」

ということになると、

「でも、もう主人の顔を見るのもいや。もう何ヵ月も口を利かないのよ。これでいったい夫婦といえるかしら。毎日が暗くて息が詰りそう」

とくる。

「息が詰りそうなら、ご主人と和解すればいいじゃないの、あなたの方から折れて出なさいよ」

というと、

「私は何も悪いことをしてないのよ。浮気をしているのは向うなのよ。それなのに私の方から折れて出るということは、あの不潔な男を許すということではないの」

と眉《まゆ》が逆立つ。

「ご主人をどうしても許せないというのなら、仕方ないわね。別れなさいよ」

話はまたもとへもどる。

「でも主人は慰謝料なんかきっと出さないと思うわ。第一、別れ話に応じるかどう

かわからない」

「じゃあとにかく、ご主人と話合いをしてみることね」

「話合い？　そんなことの出来る男ですか！　自分のことしか考えない勝手者！」

と古セーターのホドキものみたいに、次から次へと文句の糸はくり出されて来るのである。

「ああいえばこう、こういえばああとうるさいね。そんなら勝手にしろ！」

短気の私などはすぐに怒ってつき放すが、世の中には暇な人がいて、ああでもないこうでもないと相手をしているうちに、当人の気持は次第に鎮まって、

「仕方ないわ。もう少し考えるわ」

ということになる。この「もう少し考えるわ」が出て来ると、古セーターの糸も終りに来た証拠で、そのあと暫《しばら》くは静かになる。

火山のごとく噴火しては鎮まり鳴動しては鎮まりして、「もう少し考えるわ」を数十年くり返しつつ一生を終えた人もある。しまいには彼女の身の上相談は一種の生き甲斐ともなり、もしここでご主人の浮気が止ったならば彼女は生き甲斐を失って頭がボケてしまうのではないかとさえ思われたのであった。

女が身の上相談を好きなのは主体性がないからであろうか。苦しさ、迷いをじっと胸の奥底で嚙《か》みしめ、少しずつ智恵をくり出して解決の糸口をつけて行こうとする気長さがないためだろうか。それとも、単に女はおしゃべりで、心の中のことは余さずしゃべらずにはいられないという性情のためであろうか。人生に対する勇気自信がないためだろうか。

先ごろ、私の知人がラジオの身の上相談に相談をもちかけた。彼女はラジオに相談を持ちかける前に市役所の何とか相談員のところへも相談に行っている。その前は私のところへ相談に来ていた。彼女の家に用があって電話をすると、いつも話し中である。殆《ほとん》ど一日中、彼女はアチコチへ身の上相談電話をかけているのである。彼女の夫は長期出張先に愛人を作ったのだ。

およそ十人ばかりの人に相談をかけたであろうか。それでも彼女にとってピンとくる回答はなかったので、ついにラジオの回答者に相談をしたのである。

回答の先生は彼女の相談に対してこう答えた。

「男を一人でほうっておけば、そういう結果になりがちです。長期出張がまだまだつづくとなれば、あなたは思いきってご主人のところへ行くべきです」

しかし彼女には二人の子供がいる。苦労して入学させた有名私立校の小学生と中学生である。この子供のために彼女は現在の住宅を動くことが出来ない。

「どうしても引越すことが出来ないということになれば、せめて一週間に一度か十日に一度、ご主人のところへ行きなさい」

しかし夫は遠く九州にいる。子供を家に置いて東京から九州へ行くには、飛行機を使わねばならぬ。飛行機はこわい。いや、何よりも金がかかる。月に三度行くとだって無理である。夫は月に一度か二ヵ月に一度、東京へ帰ってくるが、夫の方はそれでほぼ満足しているので、積極的に彼女に来いとはいわぬのである。

「そのままほっとくと、たいへんなことになりますよ！　ご主人はその女の人とますます深い仲になる一方ですよ」

と相談役の先生はいった。

市役所の何とか相談員、彼女の十数人の知人、友人らがした答と同じである。

しかし私は彼女という女性を古くから知っているし、彼女の夫という人もよく知っている。彼は小心者で世間体《せけんてい》ということばかり考えている人である。出張先の暮しの不自由さから妻代りの女を作ったとしても、東京の妻と離婚しようというところまでは行かぬ人だと私は判断した。

彼女は人を頼んでその現地の女性を調べてもらったところ、相手は水商売の人で

「ミヤコ蝶々がおたふく風邪にかかった感じ」という容貌であることがわかった。

ミヤコ蝶々がおたふく風邪にかかった顔というのは、あまり美人とはいえぬであろうが、きっと男心をそそる愛らしさがあるのではないだろうかと彼女は心配した。しかし彼女の夫という人は、元来おたふく型よりも痩《や》せ型が好き、顔よりも肢体の均整に重きを置く人である。

「大丈夫だからまず心を落着けなさい」

と私は励ました。あまりヤイヤイさわぎ立てると、彼は妻の家へ帰って来るのが億劫《おっくう》になって来る。慌てずさわがず、彼が帰って来たときは無理にもニコニコとフルサービスをして、家庭をこの上なく居心地いいものにする努力をした方がよいのではないだろうか。

しかし彼女は私の意見、相談をかけた人のすべての回答を無視して、ある日現地に乗り込んで行き、会社の上長の前にすべてをバラしてさわぎ立て、おたふく風邪の蝶々さんに会って人の家庭を乱すな、とわめき、颱風《たいふう》のひと荒れあった後、夫なる人は女と手を切り、もうコリゴリと身を縮めて東京へ帰って来た。彼は本社勤めに戻ったのである。

ことはめでたく落着したものの、私たちは呆気《あっけ》にとられた。誰の意見も取り入れずに彼女は颱風となって暴れまくって解決したのだ。いったい彼女は何のためにあっちへ相談し、こっちへ相談して人を煩わせたのであろうか。

結局、彼女は自分のしたいようにしたのだ。彼女ばかりでなく、人はみな、とどのつまりは自分のしたいようにするのである。

ということは人間関係が作り出す一つの事件は、他人にはわからぬ細部の組み合せによって成り立っているということなのである。その人がどんなところで笑い、どんな時に泣き、どんな時に怒るか、その程度のことさえ、他人にはわからぬのである。男は泣いている女を見ると心弱くなるとは限らない。女が泣くと「甘えるな！」とどなって殴りとばしたくなる男もいるのである。

また男は女の猫ナデ声に鼻の下を伸ばすとは限らない。猫ナデ声にムカつく男もいるのである。本当は相談の回答はこういう細部から引き出されるものでなければならないのだ。しかし他人の回答者はそういう細部を知らないままに答を与えねばならないのでそれ故、身の上相談の回答というものは無意味なのである。

無意味と知りつつも身の上相談が盛《さか》んなのは、相談者は回答を求めているのではなく、

「わかる、わかる、そのキモチ」

などという相槌《あいづち》を求めているだけなのかもしれない。昔の女は井戸端で洗濯しながら生活の愚痴をこぼして胸の鬱屈《うっくつ》を発散した。身の上相談が盛んになって来たのは、その井戸端が町から姿を消したせいではないかと愚考したりもするのである。

第五章　私のなかの男たち

講談社刊

昭和四十九（一九七四）年

著者五十一歳

◆キーワードで見る当時の世相◆

昭和46年　アンノン族ブーム
女性をターゲットにした雑誌「アンアン」「ノンノ」が部数をのばしアンノン族と呼ばれる女性たちが生まれる。女性が自由な時間を持つようになった。
「未婚の母」が現れたのも家族意識の変化をもの語っていた。

昭和47年　連合赤軍浅間山荘事件
連合赤軍が、人質をとって浅間山荘にたてこもる。10日間にわたる攻防をテレビが中継。日本中が釘付けとなる。
「国民の知る権利を守る会」発足。

昭和48年　コインロッカー事件続発
コインロッカーに嬰児を捨てる、いわゆるコインロッカー事件続発。この年だけで43件。
滋賀銀行女子行員の9億円詐欺事件起きる。
電電公社（NTT）がFAXの営業開始。

昭和49年　コンビニエンス・ストア登場
「セブン-イレブン」が東京江東区に第一号店を開店。
コンビニエンス・ストア全盛時代の幕開けとなる。

男のあわれ

　私は男性に対してうるさい文句ばかりいう女として知られているせいか、ときどき開き直って聞かれることがある。

「いったいあなたの理想の男性とはどんな人です？」

　改まってそう聞かれると答に窮し、今更のようにまわりを見廻すのだがそれぞれに一長一短あって、この人、とかこのタイプ、などという答は出ない。よく若い女性がどんな男を理想とするか、と聞かれて「男らしい人」などと答えているが、いったいどんな男が男らしいのか、そんな男はいるのかいないのか、まことの男らしさを見極めるのも容易なことではないのである。

　もはや私のような年になると理想の男について語るようなナイーブな心情はなくなる。男らしさについて説く気も起らぬ。くだらぬ男はくだらぬなりに、強い男は強いなりに、紳士は紳士なりにそれぞれに趣があっておもしろい。（註、この〝おもしろい〟は「ワハハワハハこりゃおかしい」のおもしろさではなく、「夏はよる。月の頃はさらなり、やみもなほ、ほたるの多く飛びちがひたる。また、ただひとつふたつなど、ほのかにうちひかりて行くもをかし。雨など降るもをかし」の〝をかし〟なのである)

「さよう、理想の男性ということではありませんが、私はあわれのある男には弱いですねえ」

と私は答えた。

「あわれのある男性というと、つまり、台所に立って、大根を刻んでいるというような人ですか」

「ちがいますよ。それはあわれな男であってあわれのある男ではありません」

そういうと相手は難かしいですねえ、と首をひねった。その相手は男性であるから、多分男のあわれが(女が感じる男のあわれが)わからぬのだ。

「では、男のあわれとは、例えば花道を引き上げて行く力士の鬢《びん》がほつれている、というような姿ですか」

相手の人はそういってから、

〝角力取りにはどこがようて惚れた

稽古帰りの乱れ髪

アリャリャ　アリャアリャアリャアリャセ

と歌った。そういえば昔は、鬢のほつれの横顔見せて、花道を引き上げて行く力士にネツを上げた芸者の話などよく聞いた。確かにそれは風情ある姿には違いないが、私のいうあわれはそのような風情だけをいうのではない。

広辞苑はあわれという言葉を、尊い、ありがたい、めでたい、りっぱ、めずべきである、したわしい、かわいい、なつかしい、情趣がある、いじらしい、気の毒である、可哀そう、風情、悲哀、哀愁、かなしさ、など、盛り沢山に訳しているが、私のいう「男のあわれ」とはこの中から尊い、ありがたい、めでたい、りっぱ、したわしいを取りのぞいた残りをミックスしたものなのである。

かつて私の夫であった男は、ヨレヨレのネクタイや筋の消えたズボンや汚れたドタ靴が似合う男だった。三ヵ月に一度しか床屋に行かず、肩にフケをつもらせ、いつもケバ立った靴下を穿《は》いている。その風体《ふうてい》はまさに彼自身といった感じで、そういう彼にはある安定感があったのである。

ところがある日、彼は新しい靴下を穿いて私のところへやって来た。私たちは夫婦別れをしたあと、友達としてつき合っていたので彼は私に借金の申し込みに来たのである。私はその申し込みを断った。断りながらふと、私は彼が新しい靴下を穿いていることに気がついたのだ。そしてその瞬間から私の拒絶の力は弱まったのである。

新しい靴下は、その裏に押したマークの印刷も鮮やかにきっちりと彼の足を包んでいた。その靴下の無邪気な新しさは、私の中にいじらしさと気の毒さと可哀そう、悲哀などのミックス情緒を呼び起したのだ。私は彼に金を貸してしまった。

「新しい靴下が？　へえ、あわれなんですかねえ」

その話を聞いた人は難問を与えられたように歎声を洩《も》らした。

「ではこれから、佐藤さんのところへは、新しい靴下を穿いて行けば金を貸してもらえますね」

断っておくが新しい靴下があわれを持つのは、新しい靴下の似合わぬ男の場合だけなのである。

世の中の人から「あの女は男にだらしない」といわれている女性がときどきいる。どんなくだらぬ男でも断ったことがない。男好き、スケベイ、淫乱、などとかげ口を叩かれている人である。また、どうしてあの人はあれだけの器量をしていてあんなくだらぬ男と一緒になったのか、と不思議がられる人がいる。別れてしまえばいいのに、どうして別れないのだろう、とはたはヤキモキしているのである。

もしかしたらそういう人たちは、男のあわれを知る人なのではないだろうか？　私はときどき思う。例えば女にもてぬ男が、おのがもてぬことに気づかないで（あるいは気づいていても眼をつぶって）一心不乱にいい寄る時の、あのあわれを知る人たちなのではないだろうか、と。

男というものはなぜ、女に対する時だけ、自分に対する想像力が鈍るのであろうか？　自分がどれほどの魅力があり、どの程度、女の中での位置を占めているかについて、なぜ静かに思いをめぐらせようとしないのだろうか？　自分が抱いた欲望のために、自分の鼻がダンゴ鼻であることも、女の一番嫌いなスケベイマナコであることも意識の中からかき消えてしまう。頭のてっぺんから足の先までソーセージのように欲望が詰って何も見えず何も聞こえず、ただただ一心不乱にくどきにくどく。女というものは、その一心不乱の無邪気さ、ひたむきさ、そのあわれについ心を動かしてしまうのだ。

男のあわれを感じて結婚した、という女性を何人か私は知っている。しかし女にいい寄られ、女のあわれを感じて妻にしたという男はいまだかつてお目にかかったことがない。行きがかりで関係を持ってしまい、惰性で結婚したという男は多いが。男にとって、いい寄って来る女にあわれはないのだ。あわれを感じる前に、「しめた！」と思う。そんなものを感じている暇などない。しめた！　と思わぬ時は（それはよくよくの時だが）醜態だと思う。そしてこいつはかなわぬ、と思って逃げる。だが女の場合は〝こいつはかなわぬ〟と思っていることに相手が気がつかないで、尚も一心不乱にいい寄って来るところにあわれを感じてしまうのである。小学校の運動会で、ビリの方から必死で走って来る男の子がいる。その懸命の走りよう、真赤になって、歯をくいしばった顔を見るとすべての女は胸がせまる。しかし男はそれを見て笑っている。

「ようし！　よく頑張った！　えらいぞ！」

笑いながらそういうだけだ。

私は女であるから、男が感じる女のあわれはわからない。女にあわれがあるのかないのかもよくわからない。

ある時、ある男性がこんなことをいった。

「女房と始終喧嘩《けんか》をして、別れるの何のとお互いにいい合うけれども、何年か前、ぼくらの貧乏時代に背中にくくりつけた赤ン坊の足をブランブランさせて、大根を買物籠に入れて八百屋から帰って来た女房の姿を思い浮かべると、もう何もいえなくなる」と。

もしかしたら、男が女に感じるあわれとはそんなものかもしれない、と私は思う。「六つ七つの女の子を見ていると、何ともいえぬあわれを感じる」といった男性もいる。またある老人は花嫁姿というものにはいうにいわれぬあわれがあるといった。

男が女に対して感じるあわれは、女をか弱いものと観じている地点から出て来ているように私には思える。男にとって、女はか弱いがゆえにあわれなのだ。筋骨隆々の女は怖ろしいばかりで男はあわれを感じないのだ。（私は大いに感じるが）

例えばデパートの特売場へ行く階段を死にもの狂いで駆け上り、早い者順の特価品を手に入れてニンマリと笑う女の姿は、男にとってただものすごくおぞましいばかりなのだ。（私は大いにあわれを感じるが）

大きなつづら、大きなつづらと叫んで、雀のお宿から大きなつづらを貰《もら》って来た欲ばりばあさんが、家へ帰る間も待ち切れずに道端で覗《のぞ》いたら（ここが特にあわれ）中から化け物が出て来たという話に男は嘲《あざわら》うばかりなのだ。（私は大いにあわ

れを感じるが）

男のあわれを感じる女は、何かにつけてソンをすることが多い。あわれを解するあまり、時には助平女といわれ、時には金を貸して文なしとなり、時にはグウタラ男の餌食《えじき》となる。どうやら私は男のあわれを感じすぎるタチらしい。私の人生の波瀾《はらん》の源はそこにあるような気がしてならぬ。ある時は新しい靴下のために、ある時は茶漬を掻き込んでいる後ろ姿のために、ある時は散髪し立ての頭のために、ある時は豪傑笑いのために、私は大ゾンをして来た。

先頃、私は機会があって超能力を持つ人に会った。私はその人に私の三度目の結婚についての意見を聞いたのだが、その人は暫《しばら》くじっと瞑目《めいもく》していてからおもむろにいった。

「あなたは見合いをしなさい。見合いをしてこの人は合わんなあ、と思う人がいたらその人と結婚しなさい。そうすれば平和に暮せます」

私がポカンとしていると、その人は重ねていった。

「あなたはどうも生きるのが下手な人を好きになる傾向があります。だから好きだと思う人とは結婚しない方が安全です」

「なるほど」
と思わず私は感心した。つまり私はあわれのない男と結婚するべきなのだ。そうすればあわれを感じてソンをすることもなく、私は平和な結婚生活を送れるのだろう。

世の中にはあわれのない男性は沢山いる。それは例えば、自分がもてぬ男であることをちゃんと心得ている男であり、女にふられた時にもスマートにふられる男であり、自分がダンゴ鼻であることもちゃんと知っている男である。こういう男は新しい靴下を穿いても、散髪をしてもおかしくも何ともない。いつも自分が他人の目にどう映っているかを正確に知っており、冗談やしゃれをいっても決してくどくはなく、誰も笑わないので仕方なく自分で笑ったりするようなこともしない。そういう人は女にももてるし、男からも一目《いちもく》置かれ、金も適当に貯め、ある程度の出世もするのである。

だがかなしいかな、私はそういう男に心が動かぬのだ。感心して眺めているばかりで話しかけたいとは思わない。そういう男がバナナの皮にすべって転んだとしたら、それはあわれではなくて正視することが出来ぬほど無惨である。

男は強いものである。心身ともに強いものである。それが男だと私は思っている。私が感じる男のあわれは、そういう信頼と安心の上に成り立つものなのだ。その信頼がなかったならば、「男のあわれ」はなくて、「あわれな男」ばかりになるだろう。ヴァージニア・ウルフの「燈台へ」という小説は〝男のあわれ〟を完璧《かんぺき》に書き現した小説だと私は思う。この中に出て来るラムジイという頑固で気短かで奇矯《ききょう》な性格の老人は、男のあわれというものの原形だといっていい。ラムジイ氏は夫人と子供たちとが明日は燈台へ遠出をしようと楽しんでいるところへやって来て、だしぬけに明日は雨だから燈台行きは駄目だといって、子供の夢をつぶしてしまうような苛酷な父親だが、小説の後半になって妻に死なれ、長男も長女も死んでしまっていよいよ孤独な老人になってしまう。ラムジイ家にはかつてリリーという心弱いオールドミスの画家が食客となっていたが、ある日、リリーはラムジイ氏を訪れ、十年経っても相変らずのラムジイ氏の横柄さや不機嫌や悲哀に押しつぶされそうになるのである。そのときリリーはラムジイ氏の履いている靴を見て、つい「なんて素晴しい靴！」と叫んでしまう。それからそんなことをいった自分はきっとあの癇《かん》癪《しゃく》もちに怒鳴られるだろうと覚悟をする。

「ところがラムジイ氏は微笑したのだ。（中略）うん、と彼は云い、彼女によく見せるために、足をもち上げた。これは第一流品だよ。こんな靴を造れる者は、イギリス中にたった一人しか居ないよ。（中略）彼はリリーに、こんなにも形よく造られた靴はかつて見たことがない、と十分感じさせたかった。（中略）これは、革もまた世界一のものだからね。大ていの革は、単に茶色をしている紙か厚紙だよ。彼はなお、片足を宙に浮かせて、満足そうにながめた」

そうしてラムジイ氏は今度はリリーの靴の紐《ひも》を結んで見せるのである。三度結んで三度ほどいた。自分の工夫した絶対にほどけない結び方をリリーに自慢しようとして。

「こうして彼がリリーの靴の上にかがんでいる、このまことに妙なちぐはぐの瞬間に、どうして彼女はそれほどにも彼に対する同情に苦しめられたのだろう。せつなくなって自分も一緒にかがみ込むと、こんどは顔に血がのぼり、自分の薄情さが思われ、（この人のことを役者だなどといったりして）眼がしらが厚ぼったくなり、涙に痛むのであった」

このラムジイ氏こそ男というものではないのだろうか。そうしてこのリリーこそ女というものではないのだろうか。ここには男のあわれがあり、女のあわれがある。そうして女は男のあわれを感じているのだが、男は女がそれを感じているということを知らないのである。

屹立《きつりつ》すべし

人は信じないかもしれないが、私はいまだかつて春画《しゅんが》というものを見たことがない。エロ写真とかエロ映画も見たことがない。(当節はポルノという言葉がはやっているらしいが、私はその言葉が嫌いなのであえて使わない)

見たことがないのはそういう機会になぜかめぐり合うことがなかったからであり、また積極的にそういう機会を持とうとしなかったからでもある。もっとも十五、六歳の頃はそれを見たいと熱望したことがあった。女学校の同級生に粋筋《いきすじ》の出のおばあさんがいる人がいて、その人の家へ行けば、そんな絵を見せてもらえるのだ、という噂《うわさ》であった。

「ふーん、Sやんの……」

と私は沈思した。

私は残念ながらSやんとは親しくない。彼女は運動神経がトビキリ鈍く、かつ日本舞踊が得意であった。私の嫌いなタイプである、勉強は出来ないで色気の方はすでに一人前という女学生である。

「アイコ、日曜日にSやんのとこへ遊びに行こ」

と親友のM子がいった。M子はもう既にSやんの機嫌をとってそれを見に行くつもりをしているのである。しかし私はためらった。春画を見たいためにSやんに愛想笑いをするのは、佐藤愛子の沽券《こけん》にかかわるという気がするのだ。

「そんな不見識なこと、出来へんよ!」

私がいうとM子は、

「なんでえな?」

とじれったそうに私を見つめた。

「Sやんはアホやから、そんなこと何とも思わへんよ。あの絵見せて、というたら気軽に見せてくれるわ」

しかし私はついにSやんに膝《ひざ》を屈することをしなかった。私の自尊心は好奇心を打ち負かしたのである。M子は他の友達を語らってSやんの家へ行き、そのマキモノを見て来た。

「どこがどないになってんのか、わけがわからへんかった」

と M子は私に感想を述べた。

「わけがわからへんとは何やの?」

と聞いた私の胸は轟《とどろ》いている。

「とにかくわからへんのよ。どこがどうなってんのか」

とくり返すばかりである。もったいぶるな、と私の胸は怒りに満ちた。私はそれ以上、春画についてM子と語るのをやめた。そうした私にとって男女媾合《こうごう》の図というものは、〝どこがどうなってるのかわけがわからんもの〟として印象づけられ、胸の奥深くしまい込まれたのであった。


その頃、私たちは性を穢《けが》らわしいもの、恥かしいものという感覚で捉えていた。私の同級生の姉さんは結婚初夜に逃げて帰って来た、ということであった。あんないやらしいことをする男とは死んでも一緒に暮さへん、と姉さんは泣いて両親に訴えたそうだ。その時、両親はどんな顔をしたか聞き洩らしたのが残念だが、その姉さんが一年後、私たちの女学校の運動会に赤ン坊を連れて来ているのを見て、私は笑ったものである。

「あんないやらしい男はいややというたくせに、すまして赤ン坊、産んでる……」

私たちは結婚しても、ゼッタイ、夫を寄せつけんとこ、と約束し合った。それならば結婚しなければよさそうなものだが、結婚はしたいのである。いや、しなければならないものと思い込んでいたのだ。おそらくは父母死後の生活のために。

私たちは皆、二十歳そこそこであったが、ある友達は結婚したらメンスになったと嘘《うそ》をついてやる、といっていた。別の友達は「ツンツンプリプリして、そばへ来られんようにしてやる」といった。事実、新婚旅行の間じゅう、夫を寄せつけなかった人もいる。いったい何のためにそんなことをいったりしたのか。

性が隠蔽《いんぺい》され、罪悪視されていた時代の悲劇です、と性学者はしたり顔にいうかもしれないが、それは喜劇的であるとも悲劇という言葉でいうべき現象ではなかったと思う。娘心の羞恥心とプライドがそんな無意味な抵抗のマネゴトをさせたのである。その頃の男には今のようにヘナヘナの童貞などいなかったから、そんな新妻の抵抗のマネゴトにショックを受けてインポテンツになったりするようなことはなかったようである。

そうして小生意気な娘たちは男に組み敷かれ、征服され、性は穢らわしいもの、恥かしいものであるという感覚が少しずつ少しずつ病が癒《い》えて行くようになくなって行き、そうしていつか別の女が生れている。

もし私が男ならば、性教育の普及によって、やれ私の性感帯はどこにあるとか、オルガスムはどこで感じるか、クリトリスか、ワギナか、などと口走るような女とは結婚したくない。男の楽しみは女を調教することにあるのではないのか？　私が男ならば調教出来る女を妻にしたいし、女の身としては調教してくれる男が好きである。


ところで私はラブシーンの下手クソな作家として有名である。私の小説を読んだ人が、

「この頃の作家には珍らしく情事の場面をカットしておられるその意識の高さに敬服しました」

という手紙をくれたが、しかし本当はなにも意識が高いからではなく、書けないからカットしているだけのことなのである。書けないのを無理に書くと、読むに耐えないヘタクソな文章になる。

それを評してある人は場数を踏んでいないためといい、ある人はイロケがないからだという。その両方ともに当っているかもしれないが、私ばかりでなく全般的に

女流作家というものは情事場面の描写は下手なのではないかと思う。

男は性のクライマックスの中で女を〝見る〟ことが出来るが、女は男を〝見る〟ことが出来ない。女は自分のうちなる男を〝感じ〟はするが、かなしいかな見ることは出来ないのである。男にとってそれは排泄《はいせつ》だが、女にとってはなりふりかまわぬ無我夢中の追跡なのだ。

女流作家にもセックス描写の丹念さで知られている人もいるが、それとても女の〝感じ方〟を描くに止まっている。女は〝見る〟ことがない、従ってその時の男を描写することも、女を描写することも出来ないのである。そこで「昂《たか》まり」とか「うねり」とか、「濡《ぬ》れる」とか「かぶさった」とかきまり言葉があっちでもこっちでも使われるようになる。小説に出て来る女はどれもこれもトビヌケて感度良好、名器の持主のスケベイに描かれるのは、作家の想像力の貧困、経験の貧困を物語るものかもしれない。

女を抱いたあとで、男はまるで一仕事終えた大工のようにタバコをふかす。そばには女が試合に負けたレスラーのようにくたばっており、気息奄々《きそくえんえん》といった（人によってはこれをうっとりと表現する人もいる）格好でノビている。それを横目で見い見い、タバコをふかす男の心理の中には、「ざまアミロ」「とうとうくたばりやがったか」というような気持が隠されているように思えてならない。

「いとしき者よ、満足したか」

ではなく、

「どうだ、マイったか!」

である。中には、

「やれやれ」

とばかり背中を向けてグウグウ眠ってしまうのもいるが、私はこの、
の感じを比較的好もしく思う。そのとき、女は小さく小さく弱く、愛らしくなる。

「どうだ、マイったか!」

ふだんはいくら威張っていても、片方はタバコをふかしており、片方はノビているのである。

あの片方はタバコ、片方はノビている、という状況を、女の中には不愉快である、怪《け》しからぬ、という人もいるが、これぞ男と女の最も本質的な、最も均衡のとれた、最も平安な姿なのではないだろうか。少なくとも私はその時の女に女の平安というものを感じる。男がノビては困るのだ。

しかし、現実は常に男が、

「どうだマイったか」

といえる時ばかりとは限らない。女の方も気息奄々どころかサッサと起き上って、ゴソゴソと身仕舞をし、便所で勇壮なる音立ててオシッコし戻って来て、

「じゃ、ボーナスの取り分、あなたに四割あげる」

などと昼間の話のつづきをはじめたりする場合も少なくないのであるが、小説家はなぜかそういう男女の場合はあまり書かぬようである。

性はこの世の何ものよりも楽しく快く、人と生れた以上、この楽しみをむさぼるべきである。むさぼらぬ奴は人間ではない、かのごとくに思い決めている人たちも少なくなく、丁度戦争中、国のために頭を坊主刈りにし、モンペをはいて走らぬ日本人は日本人でないかのごとくに考えられたことを思い出して、私は改めて時代の推移を思わずにはいられないのである。

ところで私は世の中の滑稽《こっけい》なものの一つに、男の生殖器を挙げたい。男はどう思っているかしらないが、これほど不ザマなものは世の中にタントはないのではないだろうか。

その不ザマさをも気づかず、男はえらそうに、女の生殖器の醜悪さを云々《うんぬん》する。

醜悪と不ザマとどっちが上か下かをここで論じてもはじまらないが、しかし、女の醜悪な部分は奥に潜んでいてあからさまには見せぬ仕組みになっているのである。

ところが男はそれを平然とブラ下げている。カケ足などすると、それは上下左右にピョコピョコと揺れているのであろう。おおむね無気力にうなだれていて、大きいのも小さいのもそれぞれに頼りなげに悲哀に満ちている。

女の中の大人物、田辺聖子さんあたりになれば、それ故、男をいとおしむという気持を持たれるかもしれないが、私のようなミーハーは、何とも正視することあたわざる、顔を背けマナコ閉じて、ああ、いやだ、いやだ、見てはならぬものを見てしまった、と自らを責めたい気持になるのである。

ある学者の家で家事手伝いをしていた女性がこんな話をしたことがある。彼女は一度結婚をし、交通事故で夫を失って生活のために他人の家で働くようになった三十歳すぎの人だが、その彼女に学者先生が奥さんの眼を盗んではいい寄るようになった。

学者先生は五十歳に手が届くというメガネをかけた偉丈夫で、奥さんは弟子や学生の仲人を何十組務めたということをホマレとしている人であるという。

ある日曜日、奥さんは留守であった。学者先生は昼近く起きて来てどてらを着たます炬燵《こたつ》で新聞を読んでいた。息子は二人いるが、日曜日なので遊びに出ている。学者先生にとってまたとないチャンスが訪れたのだ。

学者先生は新聞を読み終ると彼女（仮にA子としておこう）を呼んで肩を揉《も》んでくれ、といった。いやよというほど親しい間柄ではないので仕方なく後《うしろ》へ廻って揉んでいると、学者先生は突然ふり返り腕を伸ばしてA子を抱き込もうとした。しかしかねてより警戒おさおさ怠りなかったA子はす早く横っトビ、ぱっと立ち上って逃げようとするのを見て、学者先生は怪鳥のごとく炬燵から立ち上がりどてらの両袖をわーっとひろげて彼女を追いかけて来た。

広い家の中をあっちの座敷、こっちの座敷とA子は逃げる。学者先生はどこまでも執拗《しつよう》に追いかけてくる。学者先生の兵児帯《へこおび》は垂れどてらの前ははだけている。そのときA子ははだけたどてらの間から、チョコンと覗《のぞ》いているうす黒くも悲しきものを見たのである。

「とたんにゾーッとして、もう、いやらしくて、いやらしくて……思い出すだけでもムナクソが悪くて……」

とA子は述懐した。

「男のアソコって、ホントに情けないもんですねえ。あんなものブラ下げて偉そうな顔して学生を教えてるのかと思ったら、アホらしくって、いやらしくって、すぐに暇を取って帰って来ました」

この感想は学者先生にはいささか気の毒すぎる感想だと私は思うが、しかしA子の感覚はわからぬではない。学者先生はあまりに早く用意しすぎたのだ。サルマタを脱ぐことなどそんなに早くからする必要がなかったのに。

そうでなければいっそのこと学者先生は逆にもっと早く用意をしておくべきだったかもしれない。先生の股間《こかん》のものが既に屹立《きつりつ》していたならば、A子の気持もまた自《おのずか》ら別のものになったのではなかったかと私は愚考する。

私がそのことをA子に諮《はか》ったところ、A子は暫く考えた後にいった。

「そうねえ。その方がまだしも、あんな情けないような気持にはならなかったかもしれません」

男根はすべからく屹立しているべし。

私はそう思う。男の裸体に魅力がないのは、身体が骨ばっていることや円《まろ》やかな曲線がないことではなく、その股間に下りたる侘《わ》びしくも不ザマな存在のためなのである。隆々たる筋骨や均斉とれた四肢の美しさも、そのもののために値ウチを失う。男根にもおそらく器量のよいのと悪いのがあるにちがいない。品位あるもの、初々しいもの、愚鈍のようなの、賢こそうなの、あどけないの、ヒネたの、出世しそうなの、貧乏たらしいの……それぞれの表情を持ちながら、やはりそれぞれに侘びしく悲哀に満ちて不ザマである。

その不ザマさを救うものが屹立という状態である。強く雄々しくそばだって、天翔《あまかけ》んばかりの勢いを示せば、女ははじめて我が身にはないそのものの威勢に慴伏《しょうふく》する気になるのである。

男の中にはペニスの大小を論じる者がいると、大小など大した問題ではない、機能が問題なのだというやからがいる。恰《あたか》も醜女《しこめ》が、女は器量よりも気だてが第一よ、などというように。

しかし私は機能よりも屹立したさまの雄渾《ゆうこん》さを執る。それは気魄《きはく》、野心、欲望、力の象徴に見えるからである。要するに私はスケベイではないのであろう。私は男は女の上に峙《そばだ》ち天翔るものであるというイリュージョンを持っている。

隆々たる男根の前にひれ伏すのが私の夢なのである。

ききわけのないけもの

鼻下に見ごとな八字髭《ひげ》を立て、威風あたりを払って道を歩けば、人々怖れて慴《しょう》伏《ふく》した将軍、校長先生、あるいは道学者、剣道師範などという、民衆の手本ともいわれる強く正しき男たちが、赧《あか》ッ面《つら》、チヂレ毛のおさんどんの寝床に這《は》い入ってついに妊娠させた、などという話を娘時代に何度か聞いたことがある。

「男ちゅうもんは、どれもこれも同じや」

と私の母はよく慨嘆していた。植木屋の熊さんも××将軍も一枚剝いだら同じで、どれもこれも女にはいやしい。母はそういう意味を、

「男ときたひにゃ……」

という呟きで表現したものであった。その言葉には憤りと軽蔑と咏嘆が籠められている。それはおそらく洋の東西を問わず、古《いにしえ》より連綿とつづく全女性の溜息であるにちがいない。

男が女のために泣くよりも、女が男のために泣くことの方が、遥かに多いのであ

る。

ところで、誰が見てもゼントルマンで品行方正、働きも十分あり、人の尊敬を受けている男性が、およそ釣合の取れぬ愚にもつかぬ女を妻にしている場合がある。

「あれほどの人がどうしてあんな女を貰ったんだろう?」

と人々は不思議がる。他人の目には見えないが、あるいはどこか、夫にしかわからぬ美点があるのではないかと探索するが、探れば探るほどアラが見えて来てどうにも取柄がないばかりか、夫の目を盗んで情事に走っていることが明るみに出たりする。ゼントルマンは離婚を考えぬでもないが、そこがゼントルマンであるゆえになかなか踏ん切りがつかない。悪妻の方はゼントルマンのそうした弱点をつとに見抜いていて、離婚出来るものか、と腹でせせら笑って居直っているという有さま。男のために女は泣いてばかりいるとは限らない。女に泣かされている男もいるのだと主張したいが、ゼントルマンの沽券《こけん》にかかわるゆえ、そういうことも軽々しくはいえぬのである。

今ここに挙げた二つの例——女が男に泣かされる話も、男が女に泣く話も、そのもとは男の性欲という、ききわけのないけものが産んだ悲劇なのである。将軍がおさんどんに手出しをしたのも、ゼントルマンが悪女と結婚する羽目になったのも、もとはといえばこのけもののためだ。将軍はその胸の勲章のため、ゼントルマンはゼントルマン意識ゆえに、そのけものの手綱《たづな》さばきを手際よくやることが出来なかった。将軍は力をもって押えつけること以外にそのけものの処し方を知らず、ゼントルマンは適当に遊んで手なずけることを罪悪だと思っていたのである。

しかしある日、それが月に吠《ほ》えて立ち上り（というのも大袈裟だが）、抑えようもなく猛り狂って手近な女をモノにした。欲望のけものが鎮まった後で、後悔してももう遅い。ゼントルマンは悪女のワナにまんまと陥って百年の不作を背負うことになり（何しろゼントルマンゆえ、責任を取らねばならぬと思う）将軍は跡始末に命の縮む思いをするのである。悪いのは彼らではない。けものなのだ。いや、それとても〝悪い〟という言葉で評すべきものではあるまい。大食いの息子がいて、おひつにいっぱいの飯を食うからといって悪いといえるだろうか。力の強すぎる息子がいて、ちょっと手が触れただけでやたらに物を壊すから悪い、といってよいだろうか？　顔が醜いから、ノロマだから、ヤブニラミだからあの人は悪い、とはいえぬのである。

男の性欲とは丁度、そんなふうに解すべきものなのかもしれない。この頃、私はそう考えるようになった。それは憤りや軽蔑をもって嘆じるものではなく、むしろ憐れみをもって眺めやるべきものらしいと。

「男はいやらしい」

と我々女はよくいう。どんなふうにいやらしいかというとまず第一に理由もなく女に触りたがる。女は惚れた男以外の男の身体など義理にも触りたくないが、男は惚れてようがいまいが、いやがられても軽蔑されても尚かつ触りたがる。ある時、私は遠藤周作さんに問うた。

「男って、なんで、あんなに女に触りたがるのん?」

すると遠藤さん、呆れ果てたごとくに私を見つめ、

「当り前やんか!」

と叫んだ。当り前やんか、といわれても、女の私には何が当り前なのかわからない。

「佐藤愛子、そんなことがわからんのか!」

こいつアホではないかという顔。

「なんで? なんで?」

と重ねて聞くと、

「それはなあ、柔らこうて、すべすべして、触ったら気持がええからや」

「ふーん、そんなら赤ン坊も柔らこうてすべすべしてて、触ったら気持がええけど」

すると遠藤氏はますます呆れた顔になり、

「女と赤ン坊は違う！」

一言いったきり、後は何と頼んでも納得行くような説明はしてくれなかった。

つらつら愚考するのにどうやら、これは、

「なんでビフテキを見たら食べとうなるの？」

という質問と同じかもしれない。ビフテキ好きは、「当り前やんか！」という答となるが、ビフテキ嫌いは、

「あんなもの、食べとうなるキモチがわからへん」

ということになるのである。

大多数の女が男を「いやらしいもの」と思っているのは女にとって不可解なことが多すぎるためなのであろう。

男は女の裸を見て喜ぶ——これも女にはわからぬことの一つだ。

いったい何がよくて男たちは女のオッパイやヘソを見るために、わざわざ金を払

ってストリップ劇場へと蝟集《いしゅう》するのか。はたまた風呂屋の番台越しに女湯の方へと一瞥《いちべつ》をくれずにいられないのか。温泉場のしまい湯に女中さんが入るのをねらって、眠い眼をこすりこすりその時を待っているのか。ヌード写真を机のひき出しにしまい込んで何が楽しいのか。女にはわからぬ。

この頃のストリップショウにはトク出しなるものがあって、女の秘所をばあからさまにひろげて見せるのだという。ある時私はそれを見に行った。それといっても女の秘所をではない。それを見んとて首を伸ばし、口を開け、前なる客が立ち上がったといっては罵り、負けずに自分も立ち、中には椅子の上に上がる者もいて、それが極めて訓練の行き届いたマスゲームのごとく、嵐になびく稲穂のごとく、ストリッパーの動きにつれて右に倒れ左に倒れ、前方に押し寄せ後方へ引く、その男の集団を見に行ったのである。

水商売の女の人たちはよく、

「こんな商売をしていると、男の裏も表も見尽して、ほとほと男なんて信用出来んと思います」

などともっともらしくいうが、ストリッパーの人たちは単純明快、

「男て、アホや」

と思っているであろう。いや、殊更にそんな言葉を口に出さない。出す必要もないのだ。これだけ大量のアホが女の動きひとつに目の色を変えて右往左往するのを舞台から見ていると、男について今更どうこう言葉を費やす気もなくなるにちがいない。男の裏も表もヘッタクレもないのだ。理解するもしないもないのだ。

その時、彼女は男どもの上に峙《そばだ》ち睥睨《へいげい》する女王である。ヒットラーが、

「ハイル!」

と叫べば群衆も、

「ハイル! ハイル! ヒットラー!」

と絶叫した。

あの時のヒットラーの優越感が彼女の無愛想な顔つきに現れている。ヒットラーは決して笑わなかった。彼女らも決して笑わない。権力を意識している者は、見下している者に対して笑い顔など見せはしないのである。

触りたがり、見たがり、そして〝やり〟たがる男たち——。考えてみれば人間の男は〝いやらしい〟のではなくて、いたましい、可哀そうな生物なのだ。生じっかネクタイを締めたり、ヒゲを生やしたり、メガネをかけたりしているからとやかくいわれる。犬や猫はメガネをかけたりネクタイを締めたりしていないから、メスの

あとを追い廻してワオワオニャーゴニャーゴ啼き立てても、誰も、

「あの犬ときたひにゃ」

などとはいわないのである。


性欲という重たい苦しい首カセのために、男は九割がたまで女を制圧しながら、最後の一割でモトも子もなくすという勝負をしてきた。女はその一割がたの勝負をよく知っている。無智で不器量ゆえに自信のなかった女でもやがて女であることに自信を持つようになるのはその一割の勝味《かちみ》を知るようになるからである。

「男がいくら怒っても、しなだれかかって、ねえ、ねえ、っていったら、それでおしまいよ」

とうそぶいていた女性がいる。彼女は十数年前、赤線といわれる所で働いていた女性である。男が女よりも人がいいように見えるのはただ〝アレ〟したいためなんだというのである。

「いやな客の時はこっちはどてんと身体を投げ出してね、どうなと勝手にしろという格好でふてくされているのよ。それなのに怒りもせずに、腹の上でひとりでフウフウいってるの。哀れなもんよ」

と彼女は男性を憐れんでいた。勿論《もちろん》、優越感を持って、である。哀れな女の身体を金で買うとはなにごとか、こういう不幸な女性をもうこれ以上、作ってはならない！　などと人道主義の先生が熱弁をふるっても、彼女たちは「何いってんのさ」と思っている。彼女たちは惨めでも哀れでもないのだ。彼女たちより以上に惨めで哀れな男がいっぱいいる。懐勘定をしながらハリ店《みせ》の前をうろうろせずにはいられない男の方が、買われる女よりも哀れなのである。

私の古い文学友達に赤線愛好者がいた。暇と金さえあれば、赤線へ行っている。失業中なのでいつも腹を減らして、ヨレヨレの背広を着ている。

ある日、私は彼にご馳走をするといった。もともと彼は大食漢、思わぬ金が入ったので、腹いっぱい好きなものを食べさせてやりたいと思ったのだ。すると彼はいった。

「ご馳走はいらないよ。五十円のラーメンでいい」

「遠慮しなくていいのよ。お金はあるんだから」

彼はいった。

「じゃあ、すまんがね、〝二丁目〟をご馳走になりたい」

私は呆れた。呆れたが彼のいう通りにしてやることにした。私たちは五十円のラーメンを食べ、彼に千円札を二枚渡した。（考えてみればあの頃は万事、安かったね）二千円あればオールナイトで存分、楽しんで来られるのである。ラーメン屋を出ると彼はいった。

「すまんが二十円、貸してくれんかね」

彼は私の渡した二十円でパチンコをし、チョコレートを三、四枚取るとニコニコ顔で、

「では行って来ます」

と挨拶をして二丁目の角へと消えたのであった。

彼にいわせるとああいう所の女は単純素直であるから、チョコレートの一枚が実にモノをいうのだという。どういう具合にモノをいうのかと聞くと、彼はニンマリ笑っていった。

「そりゃあ、もてるさ」

彼は時々、昨日はもてた、すごくもてたぞ、と喜んでいたが、〝もてる〟とはどういうことなのかとよく聞いてみると、「一晩に×回やらせてくれた」ということであるのには唖然とした。

「もてる」ということは、細やかな心遣いとか、にこやかな応対とか、惚れた様子

とか、そんなサービス意識ヌキの好意に接することだと私などは思っていた。一晩に〝×回やらしてくれた〟ことがもてたことだとすると我が家のクロ猫などはもてでもてたまらぬ猫ということになる。こういう手合にとって「御馳走になる」ということは、山海の珍味にあずかることではなく、カレーライス五杯食べて「御馳走になった」というのかもしれない。

　考えてみると女が浮気をした時に、

「この間はとてもモテたのよ。×回もさせてくれたのよ」

とはいわない。女は「させてくれた」とはいわず「させてやった」という。この無意識の表現は男と女の性欲の質の差を物語っているのである。

　チョコレートを持って行って彼は「もてた」と喜んでいる。しかし女の方はおそらくこういっているにちがいないのだ。

「可哀そうになって、×回させてやったのよ」

　彼はモテたのではなく、憐れまれたにすぎないのだ。そのヒヒのような性欲を。しかし彼の方は客である自分が遊女から憐れまれる筈などないと思い決めているから、相手は自分に好意を持ったと考えた。そうしてその次からはどことなくイロ男の気分を漂わせて女の所へ行くようになる。すると女の優越感はピリピリと慄《ふる》え、

「図々しいわねッ」

ということになり、打って変った冷淡さ。彼はボヤいていう。

「女は信じられん、ああ、俺は欺された……」

我々女は男を「いやらしい」といって怒る。軽蔑する。しかし、男がいやらしいからこそ、女は威張っていられるのだ。男がいやらしくなくなったらどうなるか。女はいかにつまらなくなるか。そのことに女は気づいていないのである。

「やっとこの頃、うちの課長も枯れて来て、いやらしくなくなって来たわ」

とある中年の女子社員がいっていた。彼女はその会社に入ってから二十年近くなるが、スケベイ課長に悩まされて来た。通りすがりにお尻は撫でる。エレベーターの中では身体を押しつけてくる。イッパイ飲もう、飯を食おう、と強要しては口説く。

彼女はその課長のために何度、会社をやめようと思ったかしれない。しかしその課長もこの頃は漸《ようや》くいやらしくなくなって来た。

「課長ももうトシなのねエ」

と彼女は勝利者のような微笑を浮かべていったのだが、実際は課長さんが彼女に、

対してだけいやらしくなくなっていただけのことなのであった。課長さんは相変らず別の所で、

「いい年して、あのヒヒオヤジ」

などといわれている。課長が変化したのではなくて、変化したのは彼女の方なのだ。つまり、ヒヒ課長をしていやらしくならしめる要素が彼女から脱落して行ったということなのだ。

男は終身、ヒヒなのである。いやらしい存在なのである。それを怒ってはいけない。女は男をいやらしいと思えるうちが花なのだから。

色道とは何ぞや

友人A子は四十八歳の妻、二女の母である。ある日A子はついに浮気をしようと決意した。その決心を固めるまでに実に三年と四ヵ月の歳月がかかっているのだが、彼女の夫はその数年前より取っかえ引き替え浮気をしている。浮気の発見、ヤキモ

チ喧嘩、別れ話……とお定りのコースを辿って、ついに彼女は「私も浮気をする！」という最終結論に入ったのであった。

決意を固めたA子は私にその決意を伝えにやって来た。

「男女平等の世の中やわ！　男ばっかり浮気して、女がしたらいかんという理屈は成り立たへんわ！」

と彼女はいきまいた。浮気をするのに男女平等論を説かねばならぬというのもおどろおどろしいが、大正生れの主婦には概してそういう手つづきが必要なのである。

それから彼女はいった。

「ねえ、×吉ちゃん、どうやろ？」

×吉ちゃんというのは、彼女の初恋の男である。初恋であるからお互いに十五、六歳のときの淡い恋だ。どうやろ？　といわれても返事のしようがないのだ。×吉ちゃんは遠く私たちの故郷である神戸にいて、一流貿易会社に勤めているということである。A子は二年ほど前に神戸に里帰りした折、偶然、電車の中で×吉ちゃんに会って、

「元気？　なつかしいなア……」

という一言を貰っている。その一言はA子の心に刻みつけられ、二年経った今で

もその時の×吉ちゃんの眼の色には「なつかしいなア」という言葉以上のものが……あったかなかったか正確なことはわからないが、とにかく、A子は今までは「あった」と思い込んでいるのである。

「×吉ちゃんなら気心も知れてるし、下地もあるし……ええのとちがうやろか」と私はいった。何となく昔いた家事手伝いを後妻に世話するようないい方になった。

「あんたもそう思う?」

A子はそういい、遠く想いを馳せている眼差しとなり、暫《しば》し沈思してから、

「けど、×吉ちゃん、しはるやろか?」

と呟いた。

「ソラするわ。男なんて、いやしんぼやからね」

と力づけたものの、私の脳裏には一抹の危惧《きぐ》がかすめた。川上宗薫のような日本一のスキ者の看板出してる人でさえ断ったという女性が何人かいたことを私は思い出したからである。しかしまた、ひるがえって考えると、メリヤスの七分のズロースのゆるんだ裾を靴下ドメで押えているのがスカートの下から見えているような出歯のおばはんと深い仲になっている若い男も私は知っている。

ことの要《かなめ》は×吉ちゃんがどれくらい浮気の経験があるかということにあるのかもしれぬ。

例えば川上宗薫は今でこそ、アレいや、コレ好かぬなどと金持の偏食ムスコみたいなことをいっているが、その昔《かみ》は屋台のおでん、ドンドン焼き、コロモばっかりのエビ天丼など、何でも喜んで食っていた時代があったのだ。要は×吉ちゃんにとってA子がどの程度魅力を感じさせる女であるかとか、どの程度年より若く見えるかなどということではなくて、×吉ちゃんがどの程度、飽食しているかにかかっているのではなかろうか。

「ソラ×吉ちゃんは浮気してるわ。なんぼでも！　あの人はきっとモテるわ！」

とA子は保証した。

×吉ちゃんは昔は少しヘナヘナの青二才というような男だったが、今は中年の落ち着きとエリートサラリーマンの自信が中年の魅力を作っているということである。それに金もある。

「ふうむ！」

私は唸《うな》った。と、私の懐疑を感じたように突如A子はいった。

「B山さん、どうやろ？」

A子は心弱くも×吉ちゃんを諦《あきら》めたのである。

B山さんというのは、A子が今の夫と結婚する前に、A子に結婚を申し込んで断られた男性である。B山さんは我々よりひとまわり年上であったから、もう六十の声を聞く。

「おジイやね」

と私はいった。するとA子は弱々しくいった。

「けど、こっちやかてもうおバアや」

B山さんは勤めていた役所を停年退職して以来、持ちアパートの家賃で食っているのだそうだ。B山さんはA子の兄の友人なので、今でもA子の実家とは親交がある。

「けど、ハゲやねん」

とA子はいった。A子の夫もそろそろてっぺんが薄くなって来たが、まだ前髪はいくらかあるので、その前髪を丹念に後ろへとき上げてハゲを隠しているという。しかしB山さんはみごとに禿げている。テカテカのキンカン頭で綿入れの甚平《じんべい》をセーターの上に着てアパートの屋根を直していたという。

「B山さんならイケるんやない?」

と私はいった。アパートの家賃でノンビリと食ってる男であれば退屈しているかもしれない。

「退屈だけで浮気するやろか?」

A子は不安げにいったが、その翌日、A子は電話をかけて来た。

「やっぱりB山さんはやめるわ」

「なんで?」

「兄さんに聞いたら、あの人、ものすごい女好きで、今でも浮気ばっかりしてるんやて」

「そんなら丁度ええやないの! 手間がかからんと……」

「あかん」

A子はいった。

「あの人が今浮気している若い女に較べられたら、私、いやや!」

それからA子は声を沈めていった。

「それにね、贅沢《ぜいたく》いうようやけど、私、ハゲ嫌いやねん」

女が（厳密には大正女がというべきかもしれないが）浮気をするということは、

これほど大へんなことなのである。第一にこれぞと思う相手を見つけるまでに幾多の難関がある。

まず気に入る男の数からして極めて少ないのだ。ハゲは嫌い、とかイビキかく男は興醒めして情けなくなるとか、ケチはいや、女房の尻に敷かれている男はいや、ツマ楊子で歯をせせりながら道を歩く奴はいや、威張る男、スケベイ面、ガニ股、金のない奴、うぬぼれ、キザなやつ、みないや。とにかくいやなことが多すぎるのだ。

次に（いやなことが多い癖に）女としての自分に自信がない。おっぱいがたるんでいる。下腹にボテが入っている。目尻の皺。話題の貧困。いい着物がない。足が太い。美人じゃない。もうトシである。夫が浮気するのは自分に魅力がないから……アソコの構造がよくないのでは？……子供を二人も産んだ上に掻爬《そうは》を六回、掻爬をする時は子宮を強引に入口にまで引っぱり出すというから、自然、アソコもゆるみがちなのでは？……

と考えれば考えるほど自信がなくなって来て、気に入った男が現れれば現れるで「とても私なんか……」と思い、さりとてイケそうな男は「ハゲいや」、「スケベイいや」ということになり、ただ夢ばかりやたらに広がって浮気をする決心をつける

までに三年、いよいよ、あの男、と心に定めるまでに三年、と実に六年有余の歳月を閲《けみ》し、

「せめてもう二年若かったら……」とか、

「あの時に思いきってしておけばよかったのに……だんだん相手の質が下る……」

などと日々後悔しつつ、

「するのなら早くしてしまわないと、マゴマゴしてるとモチ時間がなくなってしまうわよ」

と友達に脅かされ、ついにある日、清水《きよみず》の舞台から飛び下りた気持で浮気を決行する。とたんに生理が上ってしまい、たいした男でもない相手に又してもヒケ目を持つということになる。出さずともいいホテル代を負担したり、分に不相応なハクライネクタイをプレゼントしたりするのもこのヒケ目と矜持《きょうじ》のよじれ合いのためで、思えば思うほど我ら大正女は謙遜で正直、マジメ、男と女の関係は男の方がまずい寄って来るのが正道であるにもかかわらず（と我ら大正女は思い込んでいる）女の方からソノ気ありげな顔つきをして見せねばならぬとは世も末、ああ、私も何と下落したものか！　と嗟歎《さたん》しつつ男の胸に抱かれる。

なにもそれほどの思いまでして浮気しなくてもよかろう、と人はいうだろうが、

それも偏《ひと》えに憎き夫のハナをあかすためである。何の楽しいこともなかった人生（それも夫のせいだ……）に一度でいい秘密の甘い思い出の花を咲かせたいという願いのためなのである。

私はA子のために浮気相手を探すことになった。A子の夫は生意気にも、

「なに浮気する？　したらええやないか。なんぼでもしなさい、しなさい。決して止めへんで。アハハハ、けどいうとくけど浮気ちゅうもんは相手が要るんやで」

と笑ったのである。私はこういう男を男の中のクズだと思う。なんぼでもしなさい、しなさいとは何か。アハハハハとは何か。そういう思い上ったキザな男を見ると私の胸は煮えたぎる。

男らしい男とは、自分が女よりも優位にあることを決して女の前に誇示せぬ男である。それが男の優しさであり、大きさなのだ。

「ハゲアタマ！　スケベイ！　赤っ面《つら》！」

とたとえ女からいわれることがあっても、男は決して怒ってはならない。そうして女に向っては、たとえ大根足、ガニ股、フナフナオッパイであろうとも、さようなことは一言も洩らしてはならぬものである。そこに男の偉大さがあり、女が男にひれ伏すのはその大きさゆえでなくて何であろう。

なのにこの頃の男は全般的におしゃべりになって来た。自分が浮気をした女のことを、どうだったこうだったとしゃべり散らす。それも実際にしたのならまだ許せるが、していないのにしたような顔をしてみせる男がいる。自分の能力が欠乏しているのは棚に上げて、

「あの女はしつこくてね」

などというのがいる。

「あの子と、あの子とあの子とやったよ。こっちの？　あれはまだだ」

とバーへ行って得意顔にいっているのがいる。もっと下劣な男になると浮気を正当化し女房のヤキモチを封じるために、

「お前のは構造が悪い」

などという。正直マジメで謙遜な女はその一言に愕然《がくぜん》とし、ああ、そうだったのか、知らなかった、知らなんだ、と我が頭をかきむしって恥じ入り、では私にはヤキモチをやく資格もなかったのだわ！　と改めて反省し、夫の浮気を嗅ぎつけてもじっと耐えて自らを責めるばかりである。実際には構造の粗末なのは夫の方なのだが大正妻は比較して結論を出すにもよそのソレを知らぬものだから我が身をはかなんで日々老い込むばかり。自分も一度は浮気を、と思う心もあの一言を思い出すだ

けで萎《な》えてしまうのである。私はそういう男を憎む。

ある日、私はある中年紳士に会った。彼は浮気を念願としている四十八歳の人妻がいると聞いて叫んだ。

「ほう！　それは結構ですなあ！」

「結構？　ホントにそう思いますか？」

「思いますとも。思いますとも。その覇気を私は愛しますですね」

「ではあなた、その人を受け入れる気がおありですか？」

と私は身を乗り出した。

「ありますとも。大ありです」

「その人は人の奥さんですよ。四十八歳の……」

「はあ、結構ですなあ」

「器量は……若い頃は十人並のちょっと下というところ、それが今は中年の終りですからだいたい、レベルはおわかりでしょう」

「はあ、わかります。結構ですねえ」

「おっぱいがね、フナフナのひょうたんなんですけど」

「ひょうたん、結構。おふくろをしのんで懐かしい」

「もとは肥ってたんですけど、この頃、痩せて来たもんで、空気のぬけた風船みたいな感じにしぼんでますが」

「痩せとる？　ええですなあ。結構ですとも」

「それにね、あの方の構造が、あんまりようないらしいんです。何やしらん、ガボガボとか」

「ガボガボ！　ええです。結構、結構」

「それにね、これは内緒ですけど、あの人昔からイボ痔でね」

「イボ痔！　イボの残骸があるんですな？　ええですなあ、にぎやかでよろしい！」

「あなた、ふざけないで下さいよ。マジメに話してるのよ、私」

「わかってますとも。ぼくもマジメですよ！」

紳士は極めてマジメに、誠実あふるる表情でいった。

「そんなこと、みな、どうでもええのですよ。ぼくといっぺんやったら、みな、かき消えてしまいます」

私は感動した。考えてみれば私も年を取ったものだ。人生の辛酸を味わって、かかる男の言に感動するようになった。もう二十年若かりせば、私はいったであろう。

「けったいな奴！」

あるいは、

「いやらしいスケベイ！」

「不マジメきわまるフケツなやつ！」と。

しかし今、私はその言に感激した。

「これぞ、男」

という思いである。A子のためにアレコレ男を研究しているうちに女の好き嫌いをせぬ男が立派に見えるようになった。女のより好みをせぬ男はあながち「いやしんぼ」とは限らず、名僧知識のゆるしと大きさをそなえている大人物に思われる。

私は早速、A子に電話をかけてかの紳士のことを報告した。私の報告が終るやA子、

「ありがとう、これで救われた気持になりました」

と平素使わぬよそ行き言葉で礼をいった。

「そういう人がこの世にいてはると思うただけで、心強いというか、安心出来たというか、ほのぼのと心あたたまる思いやわ」

そのとき、私の中で色豪川上宗薫はその位より落下した。なにが骨ボツの着やせする女がよい、だ。そういうことをいっているようでは、まだまだスケベイの三下《さんした》奴《やっこ》、とても色豪の名を冠することは出来ぬのである。

いやしくも男たる者は老若美醜を問わず、すべての女を讃美し、跪《ひざまず》き、身を献じて女を充足させねばならぬ。女のあわれを解さねばならぬ。好むとも好まぬともそうせねばならぬ。少なくとも男を名乗るからにはそれを志向してもらいたいものだ。その志なくしてただいたずらに女のより好みをする男は色道のクズである。

男の三味線

「三味線をひく」という言葉がある。文字通り三絃を奏でるということではなく、ツンペンペンとラチもないおしゃべりをはさむことをいう。例えばマージャンなどで三味線をひくといえば、たいした手でもないのに、何かありげなことをいってみたり、今にも上がりそうな顔をしたりすることである。

だいたいマージャン人口の大半は男性であるから、

「うーむ。こうっと……コレがこうなって、アレがああなると、なるほど、それでこうなるというわけか。よしよし。そうなるとまンず、トイメンあたりがふり込んでくれそうだな。イヒヒ……」

などと頻《しき》りに三味線をひく者がいても、

「何をいってやがる」

「うるせえな」

ぐらいでことはすんでしまう。しかしそういう三味線ひきが女とマージャンをすると調子が狂ってくる。

「えっ、何ですって？　もう一度おっしゃって下さいな。コレがこうなって、アレがああなってって、どういうことなのかしら。私がイーピンを捨てたときにおっしゃったわね？　それともB子さんがポンなさったことに関係あるのかしら？　トイメンがふり込むって、いやなことおっしゃったわね。A子さん、気をつけてね。お願いしますわよ」

マトモに受けて緊張したり、沈思したり。

「あらッ！　お笑いになったわね。意味深長！　ヤアなキモチ。困ったわ、あたし、捨てられないわ。どうしましょう！　ねえ、どうしたらいいかしら……」

と、パイが捨てられずに黙考すること数分間。イーチャン終るのに、いつもの倍も時間がかかって、三味線ひきの男はヘトヘトに疲れて三味線ひく力もなくなり、だんだん無口になって気分が沈み、思いもかけぬ惨敗を喫したりするのである。その上に、

「いやあねえ、S吉さん、ウソばっかりついて。そんなテでよくもあんなことおっしゃれたわねえ。ホントに呆《あき》れた方だわ。S吉さんのおっしゃること、これからはもう信用しないことよ」

と叱られるだけならまだいいが、

「S吉さんて、ホントにいい加減な人なのよ。いうことなすこと、ひとつも信用できないわ。あの人はウソつきなんですよ。あたし、だいっ嫌い！」

ことはマージャンだけでなく、全人格にも及ぶような批判を流されるのである。

とにもかくにも、女はマジメなのである。男に伍してマージャンの仲間入りをし、相手がツッンペンペンと三味線ひけば、こっちも負けじと「ツッテトシャンシャン」とひき返すような女性は、何らかの理由で女の本質を捨てつつある女性であるといってもよいであろう。そのような女性はある意味において優れた女性であると

いうべく、つき合うのには気らくで愉快にちがいないのだが、もうひとつ口説く気にならぬ、といった男性がいる。

気らくで愉快な聡明な女性は口説く気が起らず、真っ正直で怒りっぽく、ちょっとしたことで、恨んだり悪口をいって廻ったりするような面倒くさい女を口説きたくなる――男というやつはどこまでも因果に出来ている。そういう女であることがわかっているのだから、せめて三味線をひくことをやめればよさそうなものに、性こりもなくツッンペンペンとひきまくる。いったい男はなぜ三味線が好きなのだろう?

B夫人はある雨の土曜日の夕方、デパートから帰りの繁華街の雑踏の中で、ふと声をかけた幼な馴染と親しくなった。B夫人は四十六歳、六つ違いの夫と大学生の息子と嫁に行った娘がいる。幼な馴染とは三十年ぶりの出合いである。

B夫人は幼な馴染と駅のフルーツパーラーでアイスクリームを食べた。そしてそれから数日後、男に誘われて生れてはじめてモーテルというところに足を踏み入れたのである。

貞淑なるB夫人がなぜ、幼な馴染とモーテルなどへ行く気になったのか? 世の男性はなぜかを聞きたいかもしれないが、「夫人はただふとそういう気になった」としか私はいうことが出来ない。男というやつは自分の浮気は当り前のことと思っているが、女が（人妻が）浮気をするとその理由を知りたがる。というのも女は「浮気をしたがらぬもの」と頭から決めこんでいるからで、何か特別な理由がなければ納得できぬらしい。しかしそれは男の迷信であると思うべきではないだろうか。

人妻だって浮気をする。実際にしている率は男に比して少ないかもしれないが、少なくとも、

「いかなることがあろうとも、断じて浮気などすまいぞ！」

と心に誓ったりしている人妻は一人もおらぬであろう。ただ男に比べてチャンスがなかった。また男ほど厚かましくもないし、好色でもない。男は女でさえあれば誰でもいいというときがあるらしいが、女はそうではない。気に添わぬ男と、なにも目をつぶってまで寝ることはないと思っているが、男の中には、

「ええイ、と思って目をつぶってやった」

といっている男が案外多い。

「ダメだ！　彼女は貞操堅固なんだ！」

と嘆いている男がいたが、とりわけ貞操堅固なのではなく、ただ、「お前さんが

気に入ってない」だけなのである。

　そういう次第で、浮気をしたことのなかったB夫人は、幼な馴染とわりない仲となった。ただ一度の浮気で終ると思っていたのが、二度、三度とつづいた。そのたびに私はノロケ話を聞かされ、彼女の幸福のお相伴に与《あずか》らされたのである。幼な馴染はB夫人に向って、

「愛してるでエ、愛してまっせ」

と囁《ささや》いた。それも一度や二度ではない。逢引き一度につき平均五回はいったという。それから彼は、

「ええオッパイやなア！」

　と讃美し、

「とても二人の子供を産んだ身体とは思えんねえ！」

　と感激し、

「これを運命的出合いというんやなあ！　偶然やない！　運命がぼくらを結びつけたんや」

　とくり返し叫んだということである。

　そのうちに彼女は私のところへ来ては、彼への疑問を口にするようになって来た。

「あの人、ほんとにわたしのこと、好きなのかしら……」

といいはじめた。

「あの人、口から出まかせいってるんじゃないかしら。会ってる時は優しいんだけど、別れたあとはサッパリなのよ。電話ひとつくれないの。会社へかけたら、迷惑そうな声を出すのよ」

彼女は悩みはじめた。

「わたし、何かあの人の気にさわるようなことをしたんじゃないかしら……わたしのことイヤになったんじゃないかしら……」

彼女は苦しみ悩み、恨んだ。

「わたしのこともう愛していないんなら、すっぱりと別れて行けばいいのよ。それなのに、思い出したように誘いに来るの。そして会うと優しいの。愛してるがな、好きでたまらんがな、っていうの。ねえ、どう思う？　あの人はわたしに飽きたのかしら……義理でサービスしているのかしら？」

愛しているもいないもない。飽きたもサービスもヘチマもない。彼はただ、浮気を楽しもうとしているだけなのだ——私はそういうイミのことをいったが、彼女には理解できなかった。彼女は興奮し、

「あたしは欺されたのよ、あの人は悪者よ！」

とわめくばかりとなったのである。

実をいうと私は彼が「ええオッパイやなア」を口走っているあたりから内心ハラハラしていたのだ。よせばいいのに、よせばいいのにと思いつづけていた。私が彼の友人であったなら、こう忠告したいと思っていた。

「三味線はやめた方がお互いのためですよ」

だがそう忠告したところで彼は三味線ひくのをやめなかったであろう。三味線をひかぬことは彼には困難なことだったろう。

なぜならば彼は気の優しいロマンチストだからである。彼は彼女を欺そうとしたわけではない。彼は雰囲気作りに熱を入れただけである。西洋映画のラブシーンでは、窓の下でバイオリン屋が甘美なセレナードを奏でるではないか。

「ひめやかアに

闇をぬーう

わアがしイらべエ」

と歌うテノールの代りに、

「愛してまっせえ、ええオッパイやなア」

と囁いてみせた。ウソをついたのではない。欺いたわけではない。バイオリンのメロディがウソをつけるわけがないのだ。

「ひめやかアに
闇をぬーう
わアがしイらべエ」

と歌った歌手に「このうそつきめ！」と怒っても歌手はただ当惑するばかりであろう。

もしも彼を咎《とが》めるとするならば、それは彼がナイーブであったということかもしれない。安モノのロマンチストであったということかもしれない。もし彼が川上宗薫ほどに浮気に練達しておれば、ウソつきと罵られることも悪者と怒られることもなかったであろう。

考えてみると私はかつて川上宗薫が女に恨まれたという話を聞いたことがない。欺した、欺された、捨てた、捨てられたという面倒くさい話は皆無である。彼はたぐい稀な合理性を持っている男性であるから、テノールののど慄わせて、

「おお、わがいとしのきみイ……」

などとは歌わぬのだ。ズバリ、

「君とやりたいな。やらせて下さい」

だけではないかと思う。そこが宗薫の色道の大家である所以《ゆえん》なのだが、しかし数多い女の中には、

「まっ、シツレイねッ！　わたしを何だと思ってるの！」

と甚《はなはだ》しく自尊心を傷つけられる人もいるであろう。しかしその人が怒ったときは、わが宗薫先生はもはやそこにはおらぬ。用のないところに長居をする人ではないのである。ここと思えばまたあちら、五条の橋の牛若丸さながらに、はや向うの方でくどいている。

三味線ひくとウソつき、悪者と罵られ、ひかねばひかぬでシツレイねッ、と怒られる。そこをかいくぐって浮気をする男もたいへんだが、女の方もそれなりにたいへんなのだ。なぜたいへんかというと、男は女の本質を知らず、女は男の本質がわからぬままに共に戦場に駒を進めるからたいへんなのだ。そしてそのたいへんを承知の上でやっぱりやめずに浮気をする。全くご苦労さんな話だわねエ。

私はB夫人にそこのところを説明した。幼な馴染はB夫人を欺そうと企んだわけではない。彼はただ三味線ひいて歌っただけである。するとB夫人はますます激昂

して叫んだ。

「何のために三味線ひくのよ、え？　教えてちょうだい！　三味線をひく必要を！　目的を！」

「いや、そんな必要とか目的とかいうような大げさなことではないのよ。たとえばお風呂に入って思わず浪花節を唸《うな》るでしょ。アレですよ」

「浪花節！」

「ピクニックへ行くでしょう。天気がよくてそよ風が吹いて、花が咲いて小鳥が啼いている。つい歌うじゃないの。

〽丘を越え行こうよ
　口笛ふきつウつ……

アレですよ」

つまり「愛してまっせ」とか「運命的出合いや！」を翻訳すると、

「やりたいよう！　やらせてくれよう！　ああ、やれた！　やれた！　やれたぞオ」

　という叫びになるのだ。更にいい替えるならば、

「精液をば放出したいぞ！　放出させろ！　ああ、放出した！　せいせいした！」

ということになるのかもしれない。だから放出がすんでしまうと、ついそっけない顔になってしまう。

私などが若い頃のおとなたちは「男はうそつき狼である」と私たちに教えたものだった。娘が田舎を出て都会に働きに行くときは、母親は涙ながらに、

「男に欺されんようになあ」

といって見送ったのである。

にもかかわらず欺される女の話は尽きず、私は小学校の三年生の頃より加藤武雄先生や竹田敏彦先生らの欺され小説を読んで紅涙《こうるい》を絞り、

「男には気イつけなあかんなア」

と子供心に自らを戒めたのであった。

しかし男は狼なのではない。

歌を歌う茶摘女《ちゃつみおんな》のようなものなのだ。

それがわかるまでに五十年生きねばならなかった。今ならば私は男が何と歌おうと、菩薩の微笑を浮かべて耳を傾けるであろう。音痴の歌であろうと、朗々たるバリトンであろうと等しく穏やかに受け入れるであろう。

歌わぬ男よりも歌う男の幼なさを買う。朗々たるバリトン、テノールよりも、音

痴のへたな歌を愛《め》でるであろう。それでも何年か前までは、

「ふン、歌ってる！　歌ってる！」

とクスクス笑いをわざとらしく押し殺してみたりするようなところがあったが、今はすでにそういうこともなくなった。ただ半眼の微笑あるのみである。

ところが漸く解脱した時には、何たることぞ、誰も三味線をひきに来ぬ。ツッンともペンペンともいわぬ。半眼の微笑湛えて静かに佇《たたず》む私の前をさっさと通り過ぎ、やれ欺したの、ウソついたの、裏切り者とわめきさわぐ女のところへばかり行ってしまう。

「女がもう少し、男を理解すればこんなさわぎにならなくてすむんですがねえ。ええええ、私は男が悪いなんて、微塵《みじん》も思いませんよ。こういうことはどっちが悪いってことじゃないんですよ。要するに、男と女の本質が違うってことなんですから……」

これ以上、ものわかりよき女はこの世にいないのではないかと我ながら感心しつついえば、男たち、

「そこまでわかってくれる女性ばかりだといいんですがねえ」

といいつつ、ではサヨナラと帰ってしまう。

女が男を理解するということは、女にとって最大の悲劇なのである。それも今、やっとわかった。

女が笑うとき

この数ヵ月、頻々と世の中を騒がせている一連の事件に、赤ン坊殺しという事件がある。生れて間もない赤ン坊の屍《しかばね》が紙袋の中で腐っていたとか、冷蔵庫に赤ン坊のミイラがあったとか、コインロッカーの中に入れてあったとか、枚挙にいとまないくらいに次々と類似の事件が新聞に報道されている。

それらの事件の中の一人の女性、赤ちゃんを殺して石膏《せっこう》詰めにしたという女性と、先日、ある女性誌の対談で会った。彼女は二十八歳のハクライ化粧品のマネキンで、商売柄テキパキとものをいう爽やかな美人である。彼女はある妻子ある男性と恋愛をして肉体関係に入り、四年間つづいた。その間、その男は女房はいるが子供はいないので、そのうちに必ずや女房と別れて君と結婚するなどと、男のキマリ文句を吐いて彼女を欺しつづけた。子供はいないというのは嘘で、本当は二人いたのである。

そのうちに彼女は妊娠した。子供を産めば結婚が出来ると思って彼女は産むことにした。勿論、ウソつき男もそれに賛成したのである。彼女は岡山県F町に住んでいたので、田舎は何かにつけて口がうるさいゆえ、東京で出産しようと上京して来た。病院に入り男の子が生れた。生れたということを電話で報《しら》せてやると、男は、

「それで？　君の身体は大丈夫？」

と優しいことをいったりする。しかしそれっきり男は現れず、ある日、一通の封書の中に、子供の名前を書いた紙切を一枚だけ入れて送って来た。手紙もなければ金も入っていない。金を送ると約束していたので、それを当てにしていた彼女は入院費を払うことが出来ぬのである。病院に借金をして退院した彼女は、アパートの一室で生れて間もなくの赤ン坊を抱いて途方に暮れた。その子を連れていては働くことも出来ぬのである。それでひと思いに子供を窒息死させ、その子をそばに置きたいために石膏詰めにして部屋の一隅（テレビの横）に置いて朝に夕に眺めたり語りかけたりしながら暮していたという。

私は彼女の話を聞いているうちに、彼女が泣かぬことに気がついた。ひそかに涙

ぐむということもない。どちらかといえば彼女はよく笑った。

「エエイ！　じれったいわねえ！　そんなグウタラ男の手口にみすみす欺されるなんて、聞いていて、わたし、イライラしますよ。広島（男は広島にいる）へ走って行ってそいつをブン殴ってやりたいわね！」

と私がいったときなど、彼女は実に面白そうに笑ったのである。その笑いは（同席の男たちにはわからなかったであろうが）私の胸に染みた。

芥川龍之介の「手巾《ハンケチ》」という短篇にこういう話が出て来る。息子を病死させた婦人が息子の大学の先生を訪れる。そしてつつましく静かに、落着いた口調で息子の死を告げるのである。大学教授は婦人の態度が平静なのに内心驚きを感じながら話をしているうちに何かの拍子で団扇《うちわ》が手をすべって床に落ちた。それを拾おうとして下を向くと、婦人の膝の上の手巾を持った手が激しく慄《ふる》えていた。その手は慄えながら手巾を裂かんばかりに握っている。

……婦人は顔でこそ笑っていたが、実はさっきから、全身で泣いていたのである――

芥川龍之介はその手の慄えに日本の女の悲しみの表現を見たが、女の中には手も慄えず手巾も握らずニタニタと笑う者がいる。石膏詰めの女性のような人間である。

泣くべきときに泣かずに笑う。しかしその笑いはいうならば絶望の果の孤独の笑いともいうべき笑いなのである。涙は出さずとも手巾をモミクチャにして慄えていれば人は悲しみの深さを察するが、笑ったのではわからない。図太い女といわれ、気の強い剛情者、女らしくない女などといわれて、どんな酷い目に遭っても誰も同情してくれない。ウソつき男の方も責任を取らなくてもいいといったような気分になって良心の呵責《かしやく》もなく、逃げて行って涼しい顔をしている。

昔から女に涙はつきものと考えられて来た。女に捨てられた男が笑っていてもおかしくはないが、男に捨てられた女が笑うとお夏狂乱ということになる。

何かにつけて泣く女が女らしい女だと男も女も思っている。嬉しいといっては泣き、腹が立つといっては泣き、惚れたといっては泣き、惚れた男と寝ることが出来たといっては泣く。男に捨てられた、欺されたとなればこれはもう当然、大泣きに泣く。たまにぐっとこらえて泣かぬのがいると、

「まあ！　あの人って、あんな目に遭ってるのに涙ひとつこぼさないのよ！」

「気が強いのねえ……だから捨てられたりするのよ！」

と蔭口を叩かれねばならぬのである。

とにかく、女は笑うよりは泣く方がよいのだ。

「いつ結婚してくれるのよう！　いつ！　いつ！　いつ！」

と涙ながらに詰め寄り、

「あんた、欺してるんじゃないの！　もし欺してるんだったら私……私……もう……死んでやる！」

と泣きわめく。

そういう女はかなわぬ、やりきれぬといいながら、男はその涙に負けて女房と離婚したり、年甲斐もなく二度目の結婚式を挙げたりするのだ。

勇猛果敢な女は勇猛果敢な涙をふるって男を屈伏せしめ、臆病小心な女は小心のシクシク泣きで男を懐柔する。小心臆病よりもう一段下の、あかんたれグズは、あかんたれグズの涙をメソメソ流して男への恨みつらみ四方八方へこぼして人の同情を引き、他人の助けを借りて辛うじて身を守る。女は涙が人生の武器であることをよく知っている。涙持たぬ女は対男性との戦いでは常に負けいくさの苦渋を味わわねばならぬのである。

以前、私はよく人から、あなたは笑うと可愛い顔になるねといわれた。私は年中怒り狂っていることの多い人間であるから、そういう顔がたまに笑うと、丁度梅雨どきのおてんとさまみたいなもので、人はホッとするにちがいないと思っていた。あるとき、

「佐藤さんが笑うと安心があたたかく胸にひろがります」

といった若い編集者がいた。ということは、笑い顔がいいということではなく、ふだん、それほど人を怖れさせ圧迫させる面《つら》つきをしているということなのであろう。「あたたかさが胸にひろがる」のではなく、「安心があたたかくひろがる」という。つまりその前は心配と怖れで凍っていたというわけか。

さすが悪口に動じぬ私もこれには愕然とした。そうしてそれ以来、むやみやたらと笑うようになった。おかしくなくても無理してエヘラエヘラと笑うのである。おかしくなくても笑っているうちに、悲しいとき、いやなとき、口惜しいとき、腹の立つときも笑うようになった。人を罵るときも笑っている。破産しても笑ってる。

「へえ、あなたも惚れる女がいたの、ふーん、めでたいじゃないの、アハハハ」

あなたというのは私のモト夫のことである。笑うものだから、言葉以上にいっそう憎たらしくいやらしくなる。

「金持の親類がずらりと並んで、息子の借金を背負った嫁を離婚させ、うまい工合

に自分たちは肩ヌギしたというわけね。つまり金持になる人というのは人間の成り立ちが我々とはちがうんだわ、アハハハ！」

借金背負って親兄妹に見捨てられた時の台詞である。この場合も笑い声によって内容の凄さにいっそうの凄みといやらしさが加わる。

女は笑うよりは泣いている方がいいのだ。無理に笑うものだからいやらしくなったり、凄くなったりする。それがわかっていても、もう止められない。ある時から私は強い女を志した。被害者意識をもてあそんで自ら慰めている女を脱却しようと決意したのである。

石膏詰めの女性も多分、私に似た人だったのだと思う。多分彼女はかの嘘つき男と会っていた時は、心中の疑惑や不安、猜疑《さいぎ》、嫉妬押し殺し、ニコニコ笑って男を信じている賢い女の顔を見せていたにちがいないのである。彼女は笑うよりは泣いた方がよかったのだ。

女が笑うというのはどうも世の中の人たちの気に入らぬようである。その証拠にテレビマンガの女悪党はたいてい笑っている。

「ほーら、ごらん、今に毒グモがお前の血を吸いにやって来るよ、アハハハ」

と声高らかに（エコーなどをつけて）笑いながら髪を風になびかせつつ立ち去ろ

うとして、突如、現れたる正義の士に追われ、一陣の突風と共にアハハハハハと高笑いしつつ逃げ去る。シクシク泣く女悪党というのはいない。女悪党が泣く時は改心するときと決っているのである。

ところで過去に於て女は常に男の被害者であった。そしてこれから後も尚被害者でありつづけるであろう。私はそう思う。いくら女が強くなり、泣くのをやめてエコーつきの高笑いを響かせるようになったとしても、それでも女はやはり男の被害者なのである。弱くても被害者、強くなればなったでやはり損害を受けるのは女である。私は石膏詰めの女性と話をして、そのことを切実に感じた。彼女は強く、頭がよく、美しく、自信に満ちていた。涙を流さずにすべてを自分ひとりで背負い込んだ。もし彼女がメソメソ女であったなら、そのメソメソによって男を動かし女の幸福を摑《つか》んだかもしれぬのである。

どっちが損、どっちが得と損得を云々することは私の最も好まぬことであるが、彼女と別れた後、私はつくづく「女は損」と呟かざるをえなかったのである。女はその腹の中に子供を宿すというただひとつの事実によって、男の被害者になってしまう。エコーつきで高らかに笑う女賊も女である限り腹に子供を宿す。未婚のハラボテ女賊はいくら高々と笑っても笑い映えせぬのである。

女の心の底から哄笑するときはどんなときだろう？　女はよく笑う。赤ン坊がブウブウといったといっては笑い、誰かがおならをしたといっては笑い、つまらぬ洒落や冗談によく笑う。嬌笑、微笑、苦笑、捨て鉢の笑い、ヒステリイの笑い、淫靡《いんび》なる笑い、クスクス笑い、作り笑い、……女の笑いの種類は男よりも数等複雑だが、しかしただひとつ単純大らかな、

「アッハッハッハア」

がないのだ。それはもしかしたら、女が男の被害者であった長い歴史の中で養われたものかもしれない。

私がそんなことをいってぼやいていると、ある好人物の男性、うん、うんと聞いていて、ふとこう呟いた。

「ほんまに女は可哀そうやなあ。イッパツやったら、男か女か、どっちか油断した方が先にハラボテになるということになったら世の中も変るやろがな」

この思いつきに私はあっと感心した。そういうことになれば「子連れ狼」なんてドラマは面白くもないクソリアリズムの日常ドラマになってしまうであろう。国会答弁に立った総理大臣、又もや懐妊か？　の新聞記事。大臣はツワリで答弁しつつ

吐き気に襲われたりしている。

かと思うと浮気男は妊娠を妻に見破られて、

「あなたッ、このおなかは何よっ！　膨《ふく》らんでるじゃないのッ！」

ととっちめられる。

プロ野球には、ハラボテ監督などというのが登場し、大きな腹を抱えてブロックサインを出しているかと思えば、横綱が妊娠して、その腹のあまりのでかさに動きが取れなくなったりする。

「××選手、妊娠四ヵ月につき休場」

などと発表されれば、

「彼は抜群の体力と反射神経に恵まれ不屈の精神力の持主でありながら、これからという時に決って妊娠をしている。いやしくも運動選手たる者は食物、睡眠その他の何よりも妊娠についての配慮を念頭に置かねばならぬ。その点に於て、××選手はせっかく大選手になる条件に恵まれながら今ひとつ、心構えに欠けるものがあると非難されてもしようがないであろう。同君の自覚を促す次第である」

と評論家が論評する。

「男性と女性、どっちがさきに妊娠し易いか」

「女性を妊娠させるテクニック」

「男性を妊娠させるテクニック」

などのハウツーものが売れる。

「彼と妻は卓袱台《ちゃぶだい》を挟んで黙念と向き合っていた。妻は妊娠七ヵ月の腹に片手を乗せてほっと吐息をついていた。

『あなた、どうする気?』

彼は黙って妻につられたように吐息をついた。

『産み月が同じなんて……あ、あ、あんまりだわ』

彼の出産予定日が八月の二十日で、妻の予定日が八月三日である。

『すまん、おはる！　俺と死んでくれ！』

彼は急に手をついて妻の前に頭を垂れた。妊娠七ヵ月の腹が畳につかえて、その下腹のあたりで胎児が元気よく動くのを彼は感じた」

この小説の題名は「夫婦《めおと》孕《はら》み葉月の心中」といい、男の浮気がもたらした悲劇として大いに人口に膾炙《かいしゃ》する。

私はこの思いつきに興奮し、笑いに笑った。こうなったらもう捨てるも捨てられるもないのだ。責任もヘチマもない。子供を産んだ方が育てる。多産系の浮気者は一生涯、妻、自分、両方が産んだ数十人の子供を育てるために死にもの狂いで働かねばならない。そうなれば男の浮気も自然、消滅して行くであろう。

「××さんのご主人？　もうダメよ。子供ばっかり産むものだから、もう老け込んでヨボヨボ」

「お気の毒ねえ、あの方って、ホントにいつもご運が悪くて、すぐ妊娠なさるのね」

「奥さんはその点、まだまだハツラツたるものよ。一度も妊娠しないんですもの。全部、旦那さんの方ばっかり」

私は大いに笑った。哄笑した。そのときこそ、我々女が心からなる哄笑を広げるときである。

ハラボテの川上宗薫、つわりの菊村到《きくむらいたる》、妊娠に思い悩む田中小実昌《たなかこみまさ》、それぞれに風情あり趣ある姿ではないか。

夢醒むれば梅雨の雨シトシトと軒端《のきば》を濡らす。我々女にはせめて束の間の哄笑を夢みて憂さを晴らすほかないのであろうか。

いやらしい

渋谷道玄坂にある某地下映画館は痴漢の巣窟《そうくつ》ともいうべき所である。私はここで映画を見ていて一度たりとも痴漢に遭遇しなかったことはない。（さよう、この年で、である）

私は映画はいつも一人で見る。それゆえ痴漢がたかり易いのかもしれないが、ある時、同所でこういうことがあった。

私がいつものように一人で映画を見ていると左側に一人の中年男が坐った。その日はどんより曇ってはいるが、降りそうで降らぬというむし暑い日である。私の左隣に坐った中年男はこうもり傘を持ち、皮の鞄を下げメガネをかけている。何となく典型的大正マジメ男という感じの男である。一見教員風。あるいはあまりパッとしない公務員。映画館の暗がりで一瞬のうちにそれだけのことを見て取ったのは、何分にも場所が痴漢巣窟場ゆえ、隣の男に神経質になっているためである。

一見教員風がこうもり傘を持っていることが何となく私を油断させた。雨が降ってもいないのにこうもり傘を用意して家を出た彼はおそらく几帳面、もの固く小心の男であろう。単純にもそう思い決めたのである。

ところが映画を見ているうちに、左の腿《もも》のあたりがモゾモゾしはじめた。教員風のこうもり傘はさっきまで私と彼との間にあったのが、いつの間にやら向う側へ移動している。右手を使う必要上、彼はこうもり傘を左手に持ち直したのである。手はモゾモゾと太腿を這い廻る。私はこの、おずおずしたような、隠微な、そのくせ図々しい感触が大嫌いである。これをやられるとイライラして、ブン殴るか、さもなければ、

「触るならもっとハッキリ触りなさい！」

と怒鳴りたくなってくるのである。しかし私も齢《よわい》四十を過ぎた頃より、徒《いたず》らに弱者に恥をかかせるようなことはしたくなくなって来た。

これは余談だが四十歳過ぎという年齢は女にとって誠に厄介な年齢なのである。若い女ならば、

「キャッ、いやらしいッ！」

と叫んでも少しもおかしくない。しかし「ええ年からげたおばはん」が、

「キャーッ、いやらしいーッ」

はどうも格好がつかない。その方が余程いやらしくなるという自意識が働くのだ。男にいい寄られて、

「やめて、かんにんして」

と娘がいうのは風情あるが、「ええ年からげたおばはん」が、

「やめて、かんにんして」

は我ながらゾッとするし、

「失礼ねッ、よしてよッ！」

と怒るのはいかにもおとなげなく、さりとて、

「思召しのほどかたじけなくは存じますが、何とぞご容赦を……」

と手をつくのもわざとらしい。

それで私などいい寄られると（そういうこともまだ間々ある。但し相手の質は年々に落ちて行っとるようですな）ニヤニヤニタニタ笑っているよりしようがない。そうして相手が尚もしつこいと、いきなりブン殴る。「にっこり笑って人を斬る」というやつである。「暴力はやめましょう」と必死で叫んだ男がいるが、悲しいことにはそれが私にとって最もふさわしい、安定したやり方なのである。

さて、話を本題に戻そう。

……つまりそういうわけで私は痴漢対処法というべきものには困っていた。はっきり挑まれればブン殴るという手もある。しかし挑むような挑まぬような、靴の上から足を掻いているようなことをしている相手を殴るわけには行かぬのである。それで私は少しずつ身体を反対側に寄せて行った。この気持をやや大仰《おおぎょう》にいうならば空手名人が町のアンちゃんに喧嘩をふっかけられて逃げるのと似たような心境である。

私が身を寄せて行った右側には男がいる。一見何者とも見当のつかぬ鈍感そうに肥った大男である。こいつは鈍感そうだから大丈夫だと思った。ところがあにはからんや、暫《しば》くすると鈍感男の左手がモゾモゾと私の右の太腿のへんを這い出したではないか。勿論、この鈍感さんには同情の余地はある。私が身体を寄せて行ったので、「汝はソレを欲するや」というような気持で手を伸ばしたのかもしれない。

私は痴漢のサンドイッチとなった。右に寄れば鈍感デブが左に寄れば教員風が股ぐらねらって手を進めて来る。こういう時のために股ぐらに茹卵《ゆでたまご》入りの袋でもぶら下げて来れば面白かったと、三文作家というものは危急の際にもロクなことを考えないのである。

世の中には痴漢というものはいるが痴女というのは聞いたことがない、といったらある男性がぼくは電車の中でかつぎ屋のおばはんにやられました、と告白した。丁度クリスマスイブのことで彼は二人の子供へのクリスマスプレゼントを両手に持って常磐線のラッシュの中にいた。そのとき、一つの手がモゾモゾとオーバーをかき分ける。何ごとぞと思っているうちにチャックを引き下げ、アカギレのきれたゴワゴワした手が彼の一物を握った。いくらアカギレがきれていようとゴワゴワであろうとそこでソノ気になるのが男の性《さが》の悲しさ。彼の一物は屹立した。屹立させたまま、この手の主は何者ぞとあたり見廻せば、背中に大きな籠を背負ったかつぎ屋のおばさんが半眼のまなこ、無念無想といった態である。

電車は次の駅に着いた。彼は下りねばならぬ。しかしアカギレの手はまだ彼の一物を摑んで放さぬ。放させようにも両手はプレゼントで塞がっている。仕方なく彼はいった。

「おばさん、すみませんが放してくれませんか、次で下りるんです」

おばさんはむっとした顔で半眼を上眼づかいにした。そしてフン！というように横を向いた。放してくれといわれておばさんは腹を立てたのである。

放してくれたのはいいが、一物はまだ屹立してズボンの外へハミ出しておる。

（全く男は不便だねエ）彼はまた頼んだ。

「すみません。入れてくれませんか」

まわりの人はいったいこの男はひとりで何をいっているんだろうと思ったことだろう。おばさんはフン！　と横を向いたまま、そ知らぬ顔をしている。仕方なく彼はそのまま下車した。幸いオーバーを着ていたから、突起物を衆目に晒《さら》さずにすんだ。クリスマスプレゼントを両手に下げてプラットホームを歩けば、師走の夕暮の寒風吹き来りて、オーバーの中なる突起物はそのまま凍《い》て固まるようであったという。

「それにしても女というやつは……」

と彼は真剣に憤慨した。

「なにもむっとすることはないじゃないか！」

女というやつは全くいい気になっている、男が女に触るときは心の隅に一点、オレは悪いことをしているという意識がある。「触ってやる」ではなく「つい触ってしまう」という気持であるから、見つけられたとなると顔も上げられずコソコソと逃げてしまう。

それをどうだ！　女ときたら「触ってやってる」という思い上りをもって触っている。だから放してくれといえば、むっと腹を立て、

――なにを、生意気な！　せっかく触ってやってるのに！

と睨みつける。

「女という奴は、あんなおばはんに到るまで思い上ってるんだねえ！」

と彼は最後に慨歎《がいたん》したのである。

そういわれればそうかもしれない。男に対する女の忍従は長い。しかし一方、男に対する女の思い上りの歴史もまた長いのである。女は男に平伏しながら、心の中ではヘン！　と思っている。

――なにさ、すぐ見たがるくせに！　触りたがるくせに！　したがるくせに！

と思っている。女を思い上らせたものは、女自身ではない。男の悲しくもいやらしい性《さが》が女をそうさせた。だから女が、

「男っていやらしいわねえ」

というときは優越感を楽しんでいっているのである。だからいやらしくない顔していやらしい男、いやらしい顔していやらしくない男、それぞれに悪口いいながら

も相手になるが、顔にもすることにも全くいやらしさのない男は、

「つまんない人よ」

の一言で片づけられてしまうのである。

女の腐ったような奴

子供の頃よく耳にした言葉に〝女の腐ったような奴〟という言葉がある。どこで聞いたかといえば、我が家の奥座敷で、父はそこで何かというと、

「あいつはダメだ！　女の腐ったような奴だ！」

と罵《ののし》っていたのである。

——女が腐るて、どんなんやろ？

と私は考えたことがある。そのとき、私の目に浮かぶのは、Rチャンという隣家の小さな子守女のシモヤケに膨《ふく》れ上った熟し柿色の両手であった。私はその手の色に驚きRチャンの手は腐って来ているのではないかと思ったものである。私の家に

は居候《いそうろう》や書生がゴタゴタと何人もいたがその誰ひとりとしてRチャンのような臭い熟し柿色に膨れた手をしている者はいない。

男が女の腐ったような奴になるということは、多分、Rチャンの手のような感じの男になるということなのだ。それで父が「女の腐ったような奴！」と叫ぶとき、私は何となくブヨブヨした丸顔の男を想像したのである。

だがその後、私のイメージは改訂された。Oさんという居候がいて、彼は男のくせにカカシバニシングクリームを塗るのであった。カカシバニシングクリームは顔につけると薄白く伸びて薄化粧をしたように見える。

Oさんは女中たちにクソミソにいわれていた。

「女の腐ったような奴とは、あの人のことやわ！」

と女中たちはいっていた。父の口癖は女中部屋にまで伝染していたのだ。それで私は女の腐ったような奴というと、バニシングクリームで薄白くなった男の顔を思い浮かべるようになった。

それからまた、私のイメージは追加された。我が家に出入する呉服屋は金ブチのメガネをかけていた。彼はおしゃべりで、やって来ると反物を売りつけるのも忘れて母の部屋でひとしきりしゃべり、それから女中部屋へいって女中相手にしゃべりまくった。その話題はお顧客《とくい》先の奥さんたちの噂話で、どこそこの奥さんはよく買うが払いが悪くて困るとか、どこそこの奥さんは自分に色目を使ったというようなおしゃべりである。

「あんな奴は男のクズだ！　女の腐ったような奴だ！　金ブチのメガネなんかかけてる奴にロクな奴はおらん！」

父はいった。それで〝女の腐ったような奴〟の私のイメージには金ブチメガネが追加されたのである。

私の家にはMさんというノッポの書生がいた。Mさんは事情があってうちで預かっていたミヨコさんという十六歳の女の子に手紙を渡した。同じ家の中にいて手紙を書いたのである。その手紙は、

「この間、台所の火鉢で二人で向き合って焼いた芋の味が忘れられません。芋がうまかったのではなく、ミヨコさんと二人で食べたからです。ミヨコさんの食べ残した芋のシッポをぼくはそっと拾って部屋へ持って帰りました。そして布団の中でミヨコさんのことを思いながら、それをそっと噛んだのです」

というような文章だった。ほかにまだ色々と書いてあったらしいが、芋のシッポのことを私が覚えているのは、それが父の耳に入って大騒ぎになったからである。

「何だ！　この手紙は！　芋のシッポがうまかっただと！　女の腐ったような手紙を書くな！」

　それで私の〝女の腐ったような奴〟のイメージには更に芋のシッポが加わったのであった。


　こう書いて来ると昔はむやみやたらと〝女の腐ったような奴〟がいたような気がするが、よく考えてみると二言目には〝女の腐ったような奴〟だと騒ぎ立てる人間がむやみにいたということなのかもしれない。髪を七三に分けて油で固めてテカテカにしているからといっては女の腐った奴にされる。ふんどしを着用せずしてサルマタをはいているといっては女の腐った奴だといわれる。

　本当に昔の男はたいへんだった。女に欺されて服毒自殺をした男の新聞記事がでると、それも〝女の腐った奴〟にされた。しかし女に欺されて財産を蕩尽《とうじん》した男は決して〝女の腐ったような奴〟ではなかった。また女を欺して邪慳《じゃけん》に捨てた男は〝男の風上に置けぬ奴〟とはいわれても、〝女の腐ったような奴〟とはいわれなかった。とにかく男は女を泣かすとも泣いてはならなかったのだ。

　〝女の腐ったような奴〟とは男尊女卑の思想から出て来たところの、男性に対する最悪の罵言《ばげん》として考え出された表現である。その頃の男は単純で可愛らしかった。

「それでも貴様は男か！　キンタマ下げているのか！　恥じろ！」

という言葉もよく聞いた。どういうわけか男はあのむさくるしくも悲哀に満ちてぶら下りたるものを自慢とし、誇りにしていたのだ。なぜあのようなものが自慢になり誇りになるのか、女の私にはようわからぬ。私の父はそのものを非常に愛して、「キンタマ七不思議」などというのを作って喜んでいた。

キンタマ七不思議
一、日かげにあれど色黒し
一、袋にあれど縫目なし
一、玉にはあれど光なし
一、サオにはあれど物干せず
…………


あとは忘れたが、父がそのようなことをいうと男の客たちは感心し、

「うーん、なるほど、なるほど、これはうまい、さすがです」

などと口々に感じ入って、懐から矢立《やたて》を取り出して書きつける者もいる有様。

ある有名な相場師はソレが大きいのが自慢でやたらに人に見せたがる。彼の唯一の隠し芸は、百目蠟燭《ひゃくめろうそく》を何本も大座敷に立てめぐらせ、芸者を集めて三味線をひかせ、その音色に合せてやおらふんどしを外すと中よりとり出したるタマの袋をひろげ伸ばしてウチワのようにし、

「あ、ハッ！

あ、ホッ！

あ、ハッ！」

と掛声かけつつ百目蠟燭の焔を一つ一つ煽《あお》ぎ消していったという。

「それは実にたいしたモノでねえ！」

と父はホトホト感服つかまつったというようにいえば、客は客で、

「ハーン、なるほど、広げるとウチワになるんですか！……うーん、たいしたものですなア……」

と唸る。私はあどけない幼な子であったが何も知らぬような顔で父のそばに坐り、本をひろげて読むフリしながら逐一聞き取っているのである。そうしてその間に私は男とは「キンタマの面目」に生きるものであるということを知ったのである。

つまり「キンタマの面目」とは「男の面目」のことである。

「そんなことでキンタマに申しわけが立つと思うか！」

という罵言も聞いた。なぜキンタマに面目があるのか。さっぱりわけはわからないが、尊敬する父が二言目にはキンタマキンタマといって騒いでいるのを見ているうちに何となく男が女よりも偉いのは男にはソレがあり、女にはソレがないせいなのかなア……と思いこむにいたったのである。

よその家ではキンタマなどという言葉を子供が使うと、

「何んです！　そんな下品な言葉を使って！」

と親は叱る。しかし我が家では家長自ら何かというとキンタマキンタマと連呼し、キンタマを愛し親しんでいた。

「あの男のキンタマは実に立派なんだ。見直したよ！」

とソレのおかげで急に尊敬をかち得た男性がいると思えば、

「あんなキンなしに何が出来るか！」

と罵倒される人もいる。〝女の腐ったような奴〟という言葉は、また〝キンなし〟とも表現されていたのである。

源氏物語以来、男が集ると女の品定めをするものと決っていたようであるが、この頃は女も負けずに男の品定めをするようになった。女は何ごとにもマジメ真剣であるから、男の品定めなどもマジメ真剣にやる。

優しいか優しくないか、男らしいか男らしくないか、浮気性かそうでないか、ケチかケチでないか、出世しそうかしないか、女にもてるかもてないか、関白か関白でないか……その品定めに最近は「アレが強いか強くないか」「アレが大きいか大きくないか」が堂々と論じられるようになった。いや、むしろ「出世しそうかしないか」や「男らしいか男らしくないか」などよりもアレの方に重点が置かれている。

「でもあの人のハナ、立派よオ」

「あら、そんなのもはや迷信よ、ハナの大きさに比例するとは限らないのよ」

「でも大きければいいというものじゃないわ。わたしは大きいのよりも固い方がいいわ」

私は聞いていて何となく面白くない。大きいのよりも固い方がいいとは何か！ハナの大きさをジロジロ見て、男のペニスの大きさを推理するとは何ごとか！

男好きの女性がいて、男のハナよりも唇よりも何よりその指を見る、という。

「指の形見てねえ、ゾ、ゾ、ゾーと背筋に戦慄が走ることがあるのよ」

あなたたちは実に現象的だ、下品だ、と私は怒っていった。あなたたちはサオのことばかり考える。なにゆえにそのサオの華やかさのかげに黙々と佇んでいる、むさくるしくも孤独なもののことを考えてやらないのか！

するとと彼女たちは異口同音にいった。

「あーら、なぜ、あんなもののことを考えなくちゃいけないのオ？」

「そりゃあ少しは存在価値があるかもしれないけれど、たいして役に立たないわよオ」

役に立つ、立たぬの問題ではないのです！　と思わず私は大きな声を出した。

「わたしはむしろ、アレよりもアッチの存在に思いを馳せます！」

そうだ、かつて日本の男が女の上に聳《そび》えていたとき（少なくとも聳えねばならぬという意志を持っていたとき）、男たちは己《おの》がペニスよりもホーデンの方を重視していたのではなかったか。

私はある退役陸軍大佐が秋の陽のふりそそぐ縁側にアグラをかき、呆然と天に視線を放って思索しつつ、掌の上にて股間の重々しきものをばおもむろに遊ばせているさまを見て心打たれたことがある。

その話をすると某女は、

「いやあねェ！」

いスケベイが多い）

と叫んだ。（こういうときに大げさに叫んだり顔をしかめたりする女にはだいた

「いい年したおじいさんが、アソコいじってるなんて！……おお、いやらしい！」

「ねえ、男ってそんな年になっても、やっぱりマスターベーションするものなの？」

私は我が友だちのこの低俗なる、あまりに人生を解せぬ会話に殆ど憤りを覚えた。なにゆえに私が彼の姿に心打たれたかは、大きいのよりも固い方がいい、などといっている低俗なる女ども、マタグラに手を遊ばせれば、もうすぐにマスターベーションをしていると思う手合にはわからぬであろう。

そのとき、秋の陽のふりそそぐ天の一角に目を放ち、おもむろに睾丸《こうがん》をまさぐりおりし彼《か》の陸軍大佐の姿には、流れ来り流れ過ぎて行った男の人生の雄々しさがあった。重ったるくゆったりと垂れたそのものの、そのむさくるしくもの悲しいたたずまいに、私は悠揚たる男の孤独が漂っているのを見たのである。

この頃の男は全く睾丸を粗末にするようになった。現代男性が睾丸よりも陰茎を重視しているということは、いかに男が現象的になって来たかを物語るものではな

いだろうか。

　昔の男は恐怖に打たれると睾丸が縮んだ。

「あいつは偉い。あんな時でもキンタマは悠々と伸びていたからな」

　というのをしばしば聞いた。この頃はどうか、恐怖に打たれた話をするとき、

「怖かったぞオ。思わずションベンがもれたよ」

　と語っている。今の男はブリーフなどというものをはき、お尻のワレ目にくい込むようなズボンをはいていて、平気でいる。睾丸は常時、圧縮したままで、悠々と遊んでいることなどないのであろう。睾丸は男の度胸を示すバロメーターではなくなったのだ。

　ズボンの上から瞥見《べっけん》するに、あのようにぴったりしたズボンをはいていて、尚かつ睾丸のありかがわからないというのは、いったいどういうことになっているのか。
　五、六年前は、この頃の若者は男か女かを識別するには後ろ姿ではわからない、前にまわって見なければ……といったものだった。そのうちに、前に廻ってもわからない。ズボンをぬがせてみなければ……ということになった。それがこの頃ではどうか。ズボンをぬがせてもすぐにはわからない、そばに寄ってホジってみたら漸くメリ込んでいた玉が出て来たということになっているのではないだろうか？

聞くところによるとペニスの短小を気に病む男が増えているという。整形外科へ行って何とかペニスを大きくして下さいと頼む。シリコンだかを注入して大きくすると、もっと大きく、もっと、もっと、とせがむ。ついには大きくし過ぎて、恰《あたか》も買出しの小男がメリケン粉を背負いすぎて立ち上れなくなった戦後食糧難時代の風景を思わせる結果となった。つまり格好ばかり大きいが、その重さに耐えかねて立ち上がることが出来なくなったというのだ。

ペニスの増大よりも、男は睾丸の大きさをはかるべきである。睾丸の大切さを忘れているということは男が女ナミになったということだ。〃女の腐ったような奴〃とは、睾丸を粗末にする男のことなのである。

④
第一章「娘と私の時間」、第二章「枯れ木の枝ぶり」、第三章「愛子の日めくり総まくり」、第四章「愛子の新・女の格言」、第五章「こんな考え方もある」（07年4月発売予定）

⑤
第一章「女の怒り方」、第二章「日当りの椅子」、第三章「古川柳ひとりよがり」（07年5月発売予定）

⑥
第一章「幸福という名の武器」、第二章「男と女のしあわせ関係」、第三章「老兵は死なず」、第四章「娘と私のただ今のご意見」、第五章「こんな暮らし方もある」（07年6月発売予定）

⑦
第一章「憤怒のぬかるみ」、第二章「何がおかしい」、第三章「こんな女もいる」、第四章「こんな老い方もある」、第五章「上機嫌の本」、第六章「死ぬための生き方」（07年7月発売予定）

⑧
第一章「娘と私と娘のムスメ」、第二章「戦いやまず日は西に」、第三章「我が老後」、第四章「なんでこうなるの」、第五章「だからこうなるの」、第六章「老残のたしなみ」（07年8月発売予定）

佐藤愛子の全エッセイから傑作・秀作を再編集。

集英社文庫　目録（日本文学）

集英社文庫　目録（日本文学）

佐藤真由美　恋する四字熟語
佐藤真由美　恋する世界文学
佐藤真由美　恋する言《コト》ノ葉《ハ》　元気な明日に、恋愛短歌。
佐野眞一　沖縄 だれにも書かれたくなかった戦後史(上)(下)
佐野眞一　沖縄戦いまだ終わらず
佐野藤右衛門　小田豊二　櫻よ　「花見の作法」から「木のこころ」まで
沢木耕太郎　天涯1　鳥は舞い　光は流れ
沢木耕太郎　天涯2　水は囁き　月は眠る
沢木耕太郎　天涯3　花は揺れ　闇は輝き
沢木耕太郎　天涯4　砂は誘い　塔は叫ぶ
沢木耕太郎　天涯5　風は踊り　星は燃え
沢木耕太郎　天涯6　雲は急ぎ　船は漂う
沢木耕太郎　オリンピア　ナチスの森で
澤田瞳子　泣くな道真　大宰府の詩
サンダース・宮松敬子　カナダ生き生き老い暮らし
三宮麻由子　鳥が教えてくれた空

三宮麻由子　そっと耳を澄ませば
三宮麻由子　ロング・ドリーム　願いは叶う
椎名篤子・編　凍りついた瞳《め》が見つめるもの
椎名篤子　親になるほど難しいことはない
椎名篤子　新　凍りついた瞳《め》　「子ども虐待」のない未来への挑戦
椎名誠　地球どこでも不思議旅
椎名誠・選　素敵な活字中毒者
椎名誠　インドでわしも考えた
椎名誠　全日本食えばわかる図鑑
椎名誠　岳物語
椎名誠　続　岳物語
椎名誠　菜の花物語
椎名誠　シベリア追跡
椎名誠　ハーケンと夏みかん
椎名誠　零下59度の旅
椎名誠　さよなら、海の女たち

椎名誠　白い手
椎名誠　パタゴニア
椎名誠　草の海
椎名誠　喰《くう》寝《ねる》呑《のむ》泄《だす》
椎名誠　アド・バード
椎名誠　はるさきのへび
椎名誠・編著　蚊學ノ書
椎名誠　麦の道
椎名誠　麦酒《ビール》主義の構造とその応用胃学
椎名誠　あるく魚とわらう風
椎名誠　風の道　雲の旅
椎名誠　かえっていく場所
椎名誠　メコン・黄金水道をゆく
椎名誠　砂の海　風の国へ
椎名誠　砲艦銀鼠号
椎名誠　草の記憶

集英社文庫　目録（日本文学）

集英社文庫 目録（日本文学）

著者	書名
柴田錬三郎	真田十勇士（一）　列風は凶雲を呼んだ
柴田錬三郎	真田十勇士（二）　ああ！　輝け真田六連銭
柴田錬三郎	眠狂四郎孤剣五十三次（上）（下）
地曳いく子	50歳、おしゃれ元年。
島尾敏雄	島の果て
島崎今日子	安井かずみがいた時代
島崎藤村	初恋――島崎藤村詩集
島田裕巳	0葬――あっさり死ぬ
島田雅彦	自由死刑
島田雅彦	カオスの娘
島田雅彦	英雄はそこにいる
島田洋七	がばいばあちゃん　佐賀から広島へ　めざせ甲子園
島田洋七	呪術探偵ナルコ
島村洋子	恋愛のすべて。
島本理生	よだかの片想い
志水辰夫	あした蜻蛉の旅（上）（下）
志水辰夫	生きいそぎ
志水辰夫	みのたけの春
清水義範	偽史日本伝
清水義範	迷宮
清水義範	開国ニッポン
清水義範	日本語の乱れ
清水義範	新アラビアンナイト
清水義範	イマジン
清水義範	夫婦で行くイスラムの国々
清水義範	龍馬の船
清水義範	シミズ式　目からウロコの世界史物語
清水義範	信長の女
清水義範	夫婦で行くイタリア歴史の街々
清水義範	会津春秋
清水義範	夫婦で行くバルカンの国々
清水義範	ifの幕末
清水義範	夫婦で行く旅の食situations 世界あちこち味巡り
清水義範	夫婦で行く意外とおいしいイギリス
清水義範	最後の暮色・小林一人
清水義範	「ふたり暮らし」を楽しむ不良老年のすすめ
下重暁子	不良老年のすすめ
下重暁子	
下重暁子	
下川香苗	老いの戒め
下川香苗	はつこい
朱川湊人	鏡の偽乙女
朱川湊人	水銀虫　薄紅雪華紋様
小路幸也	東京バンドワゴン
小路幸也	シー・ラブズ・ユー　東京バンドワゴン
小路幸也	スタンド・バイ・ミー　東京バンドワゴン
小路幸也	マイ・ブルー・ヘブン　東京バンドワゴン
小路幸也	オール・マイ・ラビング　東京バンドワゴン
小路幸也	オブ・ラ・ディ・オブ・ラ・ダ　東京バンドワゴン
小路幸也	レディ・マドンナ　東京バンドワゴン
小路幸也	フロム・ミー・トゥ・ユー　東京バンドワゴン

集英社文庫

自讃《じさん》ユーモアエッセイ集《しゅう》 これが佐藤愛子《さとうあいこ》だ 1

2007年1月25日 第1刷
2017年12月17日 第5刷

定価はカバーに表示してあります。

著 者 佐藤愛子《さとうあいこ》

発行者 村田登志江

発行所 株式会社 集英社
東京都千代田区一ツ橋2-5-10 〒101-8050
電話 【編集部】03-3230-6095
【読者係】03-3230-6080
【販売部】03-3230-6393(書店専用)

印 刷 中央精版印刷株式会社 株式会社美松堂

製 本 中央精版印刷株式会社

フォーマットデザイン アリヤマデザインストア　マークデザイン 居山浩二

ISBN978-4-08-746115-2 C0195